夜を乗り越える

又吉直樹
Matayoshi Naoki

小学館よしもと新書

はしがき

「なぜ本を読むのか？」と聞かれたら、「おもしろいから」と答えるのが、自分にとってはもっともしっくりきます。

一冊の本と真剣に向き合い格闘するように読むこともあれば、時間が過ぎるのも忘れて楽しく読むこともあります。刺激的だったり、笑えたり、感動したり、何かを教えてくれたり、それは本当に素晴らしい時間です。

あくまでも個人的な喜びなので、読書を誰かに強制するつもりはありません。

ただ、僕は読書が趣味だと公言しているので、あまり本を読まない人から本について質問されることがあります。

「なぜ本を読まなくてはいけないのか？」「文学の何がおもしろいんだ？」「文学って知的ぶりたいやつらが簡単なことを、あえて回りくどく言ったり、小難しく言ったりして格好つけてるだけでしょ？」

なかなか厳しい意見もあります。そのような時、僕は自分の知っている小説やエッセイの魅力的なところを話してみたり、その人が興味を持っていることとテーマが近い本を薦めるようにしています。後から「読んだら、おもしろかった」という感想が返ってくると嬉しい気持ちになります。

でも今回は少しやり方を変えてみようと思います。

「なぜ本を読まなくてはいけないのか？」「文学の何がおもしろいんだ？」「文学って知的ぶりたいやつらが簡単なことを、あえて回りくどく言ったり、小難しく言ったりして格好つけてるだけでしょ？」

そのような質問に対して、自分なりに時間をかけて逃げずに説明してみようと思います。このことについて自分でも真剣に考えてみたいとも思いました。

もうすでに本が好きだという方には無用の内容かもしれませんが、本を読む理由がわからない方、興味はあるけど読む気がしないという方々の背中を頼まれてもいないのに全力で押したいと思いますので、おつき合い頂ければ幸いです。

夜を乗り越える　目次

第1章 文学との出会い

父の言葉が人生を決めた

僕が六歳の時だったと思います。沖縄に住む祖母の家に父とふたりきりで帰省したことがありました。

ある夜、祖母の家に親戚や近所の人達が集まり大宴会が開かれました。父は、たえず話題の中心にいて、みんなから慕われているようでした。

一方、僕はいつもの人見知りを発揮して、部屋の隅にひとりで座り、大人達の顔が少しずつ赤らんでいくのを、心細く眺めていました。

親戚のひとりが三線《さんしん》を弾くと、それに合わせてみんなが手拍子を鳴らしました。次第に場が盛り上がり、父が立ち上がりカチャーシーを踊り始めると、大爆笑が起こりました。心から父をすごいと思いました。

その時、誰かが僕に向かって、「おい、直樹も踊れ!」と余計なことを言ったのです。その声に反応して、みんなが僕の方を見ました。僕は人前で踊れるような明るい少年ではありませんでした。

しかし、ここで僕が踊らなければ父がせっかく盛り上げた場が白けてしまう。父の行為を無駄にしたくなかったので、僕は覚悟を決めて全力でカチャーシーを踊りました。僕は、父よりも遥かに大きな笑いに包まれました。華奢《きゃしゃ》で青白い顔をした都会の子供が下手な踊りを全力でやったのが滑稽だったのでしょう。その時の快感を忘れることができません。

僕は生まれて初めて、人を笑わせることに成功した喜びを噛みしめながら、ひとりで台所に行って興奮をしずめようと麦茶を飲んでいました。そしたら、そこに父が近づいてきました。てっきり褒めてもらえるものだと思い、笑顔を浮かべる僕に対して、父は「あんま調子乗んなよ！」と言いました。驚きました。自分の子供相手に本気で嫉妬したのです。大人として最低な発言です。

この時、人を笑わす快感と同時に、表現することの恐ろしさも知ってしまいました。芸人でありながら臆病な僕の人格は、このような経験から形成されたのだと思います。

笑いを取りたいけれど、調子に乗りすぎたら怒られて恥をかく。「あんま調子乗んなよ！」父のこの一撃は大きいものでした。それからあらゆる時に、この言葉が聞こえてくるようになりました。今こうしている時も、「お前くらいが、何偉そうに言うてんねん！　あんま調子乗んなよ！」という声が聞こえてくるのです。

保育所にいた時、こんなこともありました。「怒り鬼」という劇を学芸会で発表するために、その稽古をしていました。

ある友達が泣き鬼の役をやっていたのですが、全然泣けずに練習がそこで止まってしまいました。先生は「泣かないと駄目よ」とイライラしているし、みんなも応援するのですが、その子もモジモジして泣けずにいました。

みんなそれぞれ役を持っていて、僕は怒り鬼の役でした。僕は今何をやるべきかを考え、とっさにその子に教えるつもりで泣く芝居を見せました。すると先生は「あんたは泣かないでいいの！　あんたは怒り鬼でしょ」と怒りました。この時だけでいうなら、先生こそ本物の怒り鬼でした。

この経験は僕にとって、父の「あんま調子乗んなよ！」とほとんど同じような感覚のものでした。子供ながらすごく心に突き刺さりました。なにか余計なことをしたらこんな風に言われるのか。こんな気持ちになるのか。良かれと思っただけやのに。でも、何か表現したくなるのです。思いついたことを発表したり、笑いを取ったりしたくなる。まわりからの視線、言葉に臆病になりながら、どうしても抑えられず表現しようとしている自分がいます。

芸人になった今でも、それがずっと続いているような気がしてなりません。

本当はこんな人間ではない

その後、小学校に入学しました。両親が共働きだったので、僕は放課後、学童クラブに通っていました。小学一年の時、そこで好きな女の子ができました。話をすることもできず、僕は遠くから彼女を見ていました。

ある時、それまでしゃべったこともないその子が、「遊ぼう」と話しかけてきてくれました。でも、それは僕に向けられた言葉ではなく、となりで一緒に遊んでいたノブくんに対してのものでした。それでも彼女とようやくしゃべることができて僕は自然と笑顔になりました。

「何して遊ぶ?」「お姫様ごっこがいい」「それってどうやってやんの?」僕達が遊び

方を尋ねるとその子が突然唄い出したんです。

「♪ノブくん王様！　マタヨシ乞食！　ノブくん王様！　マタヨシ乞食！」

傷つきました。初恋の子とやっと話すことができた。その彼女から出た言葉でした。しかし、僕はそこで怒ったり泣いたりすることができませんでした。それしか方法がないかのように、全力で乞食を演じました。彼女に「うわっ、めっちゃキモい」と笑われながら、僕は必死に乞食を演じ切りました。

その後、中学校、高校と、いつもそういう役は僕にまわってきました。それが芸人になってからの芸風にも繫がっています。僕は常に周囲の誰かから指名される形で、そういう人間を演じ続けてきました。

当時、このような気持ちはまわりの誰にも相談できない類のことでした。みんなは僕がいつもそんな風に振る舞うから、僕のことを明るい人間だと感じていたと思います。でも、本当は葛藤していました。自分は、本当はこんなキャラクターではない。こんな明るい人間ではない。そんなことを誰にも相談できず、ずっと自分の中だけで考え続けていました。

繰り返し、同じようなことばかり起こります。小学二年生になると、クラスでも「まったんおもしろい」というキャラクターが定着してきました。そんな時風邪が流行り、けっこうな人数の生徒が学校を休みました。

その日、僕は前日から熱が上がり嘔吐《おうと》していたので、母からは「休みなさい」と言われていました。でも朝になると少し熱も下がったので、学校に行くことにしました。たくさんの人が休んで教室の空気も悪い。僕が盛り上げなければという気持ちで、身体はけっこう辛かったのですが、学校では朝からずっとふざけていました。先生が「又吉くんだけは元気やな」と言うと教室に大きな笑いが起こりました。

給食が終わると、先生が憂鬱な表情を浮かべて僕のところに来ました。母が連絡帳に「昨日の夜吐いているので、何かあったらすぐ帰らせて下さい」と書いていたのです。先生は言いました。「昨日の夜、吐いたらしいやん。無理してたんやな」

うわ、バレた、と思いました。後に太宰治の『人間失格』を読んで知るあの感覚です。主人公・大庭葉蔵が故意に鉄棒を失敗して笑いを取り、それを友人に「ワザ。ワザ。」と指摘される。

自分でもそこまで無理しているという意識はなかったのですが、そう言われてみると本当に恥ずかしくなってきました。自分はすごく無理して明るくしている。もうひとりの僕がいつもそれを見ていました。

求められる暴力

小学校までは背も小さい方ではありませんでした。おもしろいことを言おうとするし、足も速い方だったので、女子にはモテませんでしたが、男子の中では自然と輪の中心にいるようになりました。

クラスの友達が別のクラスの生徒ともめることがあると、「まったん、なんとかしてくれ」と助けを求められます。なぜか僕はみんなから喧嘩が強いやつとして扱われるようになっていました。無表情のため、〝フランケン〟というあだ名がついていたことも影響していたのかもしれません。一方、自分では絶対に喧嘩は弱いと思っていましたし、全然明るくない。でもまわりはそうは思ってくれません。

僕はいろいろ理由をつけて、なるべく喧嘩の場には行かないようにしていました。

自分は弱いとわかっています。でも、みんなの期待に応えなければならない。求められると、ときどきはパフォーマンスをしなければなりません。喧嘩はしたくない。でもやらなければならない。

小学生の喧嘩は、暴力というより心理戦でした。このくらいやったら相手がひるむとか、そういう駆け引きは子供にしては得意な方だったんですかね。なんとかその場その場を切り抜けていました。でも身体が大きくて、身体能力の高いやつが本気で殴りかかってきたとしたら、僕は絶対に勝てません。ボコボコにされるだろうと思っていましたが、退《ひ》くことができませんでした。

クラスの友達が別のクラスの番長みたいな男に「うちのクラスにはまったんいるから。お前なんか相手じゃない」とわざわざ言いに行くんです。意味がわかりません。僕は全然頼んでいないのに。何もしていないのに。向こうは喧嘩に来る。「お前、なんか言うてるらしいの」と。そう言われたら僕も言い訳はできないし、当然喧嘩になります。その繰り返しです。運が悪かったんです。もう本当に嫌でした。

ずっと、「本当は違うのに」と思いながら喧嘩をしていました。喧嘩して、相手を殴って、家に帰ってひとり布団で泣いていました。

　喧嘩が強いのが格好良いという感覚がまったくありませんでした。むしろそういう価値観を嫌っていました。でもまわりから求められるから、そのキャラクターを演じ続けなければなりませんでした。もちろん、そんなスタンスで生活していたので街で年上にしばかれて歯を折られたり、被害者としてパトカーに乗ったりしました。病院に運ばれたことも何度かあります。

　小学校三年生の時、通知表の備考欄に「命がけの指導でした」と書かれました。「ボス的な面が見られる」とも書かれていました。先生からは悪いボスに見えたのでしょう。その先生が僕をなんとか更生させようと必死で考えて下さいました。四年生の時、学童クラブに、学童での僕の様子を聞きに行ったらしいのです。

　学童の先生は、「直樹くんは弱い者いじめもせえへんし、女の子にも優しい」と言ってくれました。僕より年下の学童のみんなも「又吉くん、優しいで。しばかれたことないで」と言ってくれたそうです。

　その後、先生から「私が思い違いをしていた」と謝られました。「あなたは悪い方のボスではなく、表のリーダーになれる資質がある。これからは学級長をやってくれないか」と言われました。「いや、そういうことではないねん」とそれについては丁重にお断りしましたが、その先生が自分のことを真剣に考えてくれたことが嬉しかったのです。大人が子供に対して真正面から向き合ってくれた。その先生の行動は、喧嘩をしないといけないというキャラクターのレッテルを僕から剝がしてくれました。

たとえ悪意がなくても、誰かを悪者扱いするということは、その誰かに悪者としての役割を本来よりも強く与えてしまうことがあります。学童と教室とでは僕がみんなから与えられている役割がまったく別のものでした。学童の方が圧倒的に楽でしたが、教室で背負っているキャラクターから自分の力だけで逃れることは不可能だと感じていました。

だからこそ先生の行為が嬉しかった。これは僕にとって大きな経験でした。この先生は一度僕を信用してくれた。先生のためにちゃんとしよう。もう喧嘩はやめよう。そう心に誓いましたがすぐにはなくならず、先生を裏切っているようでしんどかった。

学童には共働きの家の子供がほとんどだったので、どちらかと言うと裕福な家ではない子供達が多かったと思います。僕の家も長屋の文化住宅でした。学校とは違い、学童の友達に対しては強い仲間意識がありました。

僕達はそれぞれ、親が仕事を終えて帰宅するまで学童で過ごします。一方で家に帰ると母親が待っている子供達がいる。学童の友達と遊んでいるところに彼らが来ると、子供ながら「邪魔するな」と思いました。「俺達をなめんな」という卑屈な意識、「こいつらを守らなければ」という気持ちも強かったのかもしれません。

その感覚は今もだいたい同じです。芸人の後輩には照れずに愛情を注げるのですが、偉そうにしてくる人や、本当に偉い人達には何か言われたら言い返したくなるんです。子供の頃学童でやっていたことをいまだに全部引きずっているようです。

先生との一件があり、もう誰にも手を出さないと決めた僕は、実際に少しずつですが成果を上げました。変わらず喧嘩を売られたり、そういう場に呼ばれることもありましたが、喧嘩の回数はそれまでよりもかなり減りました。クラスの女子からも「四年生まで又吉のこと怖かったけど、しゃべってみたら全然怖くないいやん」と言われるようになりました。

町田康さんの『告白』という小説を読んだ時、太宰の『人間失格』の主人公・大庭葉蔵と同じように、城戸熊太郎という主人公がものすごく自分の境遇と重なりました。

僕も寂しがり屋で、優しいこととか美しい景色とか、そういうものがすごく好きでした。でもなぜかチンピラみたいに、不良みたいに思われている。いつも「違う、違う」と思っている。でも年下や弱い者に対してだけは、正直に愛することができる。

みんながみんな、生まれた時から明るいわけでも悪いわけでもない。中にはそういう人もいるのかもしれません。でもいろいろなことが重なり、みんなから期待され、それに応えようと思ってそのような行動を選択してしまっているということも多々ある。それは「明るい」というキャラクターだけではない。「暴力」というキャラクターの場合もあるのです。まわりから強いと思われ、むちゃくちゃなやつだと思われすぎて、そんな周囲からの恐怖の眼差しが期待に感じられてしまって仕方なく表に出るということが確かにあります。

『告白』の熊太郎は、あの頃の僕を思い出させてくれました。というよりも、『告白』によって、あの頃の自分の気持ちが具体的に整理できたのかもしれません。

家族

自分で表明するのも気持ち悪いですが、家族のことは好きなんです。人に自信を持って紹介できるような家族ではないですが、まあ普通の家族です。母は看護師で毎日遅くまで働き、父は水道工事の職人をしていました。四つ上と三つ上の姉ふたりの五人家族でした。

実家は、今は取り壊され家族は引っ越しているのですが、僕が生まれ育ったのは大阪の寝屋川市にあった小さな文化住宅で、自分の部屋はありませんでした。姉弟三人で三段ベッドに寝ていました。おしゃべりなふたりの姉の会話を僕は一番下で聞いていました。頭の中ではその会話に入っていくイメージを持っているのですが上手く言葉が出せず、ふたりの話をずっと聞いていました。

父はむちゃくちゃな人でした。六歳の子供の必死のカチャーシーに「あんま調子乗んなよ!」と言う父です。父は僕にはわりと甘くて殴られたこともないのですが、姉とは喧嘩になって姉を階段から蹴り落としたこともありました。そうなると、さすがに母が父を怒りますが、それでも父は反省しません。母は怪我をした姉が学校で恥をかかないように「明日は学校休んでいいよ」と言いますが、姉はあえて赤チンを目立つように塗り、「うちの父親が最低なこと学校で広めてくる」と言って登校していました。たくましい姉です。

父が外で喧嘩をして帰ってくるのも見ていました。父は酔うとたまにボクシングの練習だと言い、自分のお腹を出して僕に殴らせてくれました。子供の僕は非力でパンチもたいしたことはなかったと思いますが、殴っても殴っても笑っている父を恐ろしく思っていました。暴力を強制させられているという恐怖ではありません。「これの何がおもしろいねん?」という恐怖です。一度だけ頭を殴らせてくれたことがありましたが、さすがに頭は痛かったのか少し機嫌が悪くなっていました。

父がむちゃくちゃでしたから、暴力も怖くはありませんでした。先生や、大人に怒られても全然怖くなかった。言っていることが正しいと思えば話は聞きますが、間違っていると思えば誰であろうと平気で言い返してしまう癖がついていました。

父のことは好きでした。自分の親について言うのはなんですが、かわいげがあるというか、アホな、自分の弱いところを隠し切れていないところが信用できました。腹が立つことも瞬間的にはあるのですが、嫌いと思ったことは一度もありません。

その日は僕の誕生日でした。家族でしりとりをやっていた時、僕は父を「る」で攻めました。それを繰り返すと、しまいに父は「お前の誕生日やからしりとりやったってんのに、なんでそんなことすんねん！」と本気で怒り出します。僕はゲームとしてやっていたつもりでしたが、「こういうことはやったらあかんねん！」と子供に対して真剣にまくし立てました。

ある時には、小学校低学年の姉の顔をじっくりと見て「ブサイクやなぁ」と言い放ちました。それは、社会でいろいろな経験を積み、自分のルックスや能力を否定されてもある程度乗り越えられるようになった大人に対してさえ、言ってはいけないとされる言葉です。父は子供に対しても平気でそういうことを口にしました。

父は子供に期待もしないし、お世辞も言いません。「学校のマラソン大会で一位になった」と言っても、「嘘つけ」と言われます。そんな親、あんまりいませんよね。「絶対嘘や」と。「いや、ほんまやで」と言い返しても、「嘘つくな、お前は」と言われて終わりました。

そんな父でしたから、僕も母もふたりの姉も、「しゃあないなあ」という感じでした。

勉強ができなかった

勉強はまったくできませんでした。

よく先生からは「ぼけっとしている」とか「集中力がない」と言われていました。本当にその通りで、授業を聞いていてもすぐに、宇宙はどれくらい広いのか？　神様はいるのか？　透明人間になれたら何をしようか？　などとどうでもいいことを考えてしまい、先生の声が聞こえなくなってしまうのです。三年生になる頃には、算数は手のつけようがないほどわからなくなっていました。僕だけ、みんなとは別の数字が大きく書かれた一桁の計算ドリルを先生に用意してもらいやっていました。簡単に言うとアホでした。

その中で、国語だけは苦手意識がなかったのですが、テストでは自分なりに答えを書いてみても、サンカクをつけられ、赤ペンで「考えすぎ」などと書かれることが多かったように思います。国語の授業では教科書に載っている、物語や詩をひとりで勝手に読むのが好きでした。あとはひたすら国語辞典と便覧を読んでいました。「授業は聞いていないんですが、国語辞典をずっと読んでいるから注意しにくいんです」と保護者懇談会の時に母親が先生から言われていたのを覚えています。

社会の時間は地図帳を眺めていました。日本とニュージーランドの形が似ているので、何か関係があるはずだと真剣に考えていました。典型的なアホです。

それでも子供の頃から現在に至るまで一貫して、「勉強するやつはダサい」とか「勉強はできない方が逆に格好良い」という価値観は僕にはありません。勉強だけで考えるなら、できた方が絶対に格好良いです。世の中には勉強以外にも格好良いものがあってくれて良かったとは思いますが。

中学になると成績は学年で下から十番くらいになりました。授業を妨害するようなことは一切なく誰よりも静かなのに成績が悪いので、先生も戸惑っていたはずです。中三の時、英語の先生に志望校を聞かれ、地域で最も偏差値の高い高校の名を言うと、まわりにいた同級生達は笑ったのですが、先生は笑わず真面目な顔で「今からでも頑張れば間に合う」とおっしゃいました。

自分の発言を恥ずかしく思いました。真剣に勉強を教えてくれている先生の前で、ふざけて言っていいことではないなと思いました。少なくとも、「お前には無理や！」と言ってくれる先生の前以外では言ってはいけないことでした。その時に、自分は勉強ができないという事実をちゃんと恥ずかしがろうと思いました。

『トロッコ』——文学に出会う

小学四年生の時、先生との一件もあり、同級生に対する喧嘩や暴力はなくなりました。しかし、五年生になって担任の先生も変わり、大人に対する不信感はその後もずっと続きました。サッカーをやっている時もこんなことがありました。

一番上手いエースがいて、いつも彼のおかげで試合に勝っていました。だからもちろん彼は毎回試合に出場します。すると他の親達が「もう○○くんばっかり」と監督に文句を言ってくる。「うちの子も出して下さい」と普通に言ってくるんです。

自分の子も出せという一方で、僕や下手な人間に対してはすごく残酷なことを言ってくる人がいました。「○○くんは将来ブラジル留学するって言ってるし、うちの子は北陽高校に入るねん。又吉くんはもうちょっとがんばらなあかんなあ」と平気で僕や母親に言ってきます。僕が後々中学校のサッカー部顧問に薦められて北陽高校（現・関西大学北陽高等学校）に進むのも、その時のおばさんの影響もあったのかもしれません。大人の言葉への反骨精神でした。

そんなことばかりで、僕はどうしても大人が好きにはなれませんでした。大人が常に正しいわけではない。子供より大人こそ残酷なところがあるんじゃないかと思っていました。親にもその話はしました。母は、内面では思うところもあったと思うのですが、「大変やなあ」くらいの反応で、僕と一緒に怒ったりはしません。

父はもっと理不尽なことを日頃から言っていたので、そんな小さい話を持っていっても、「知るかボケ」で終わるイメージでした。だから、父にそういうことを相談したことは一度もありません。こんな気持ちはもう誰もわかってくれない。こんな風に頭の中でいろいろ考えているのは、この世で自分だけなのだろうと思っていました。

中学校に入学しました。そして一年生の時、芥川龍之介の『トロッコ』に出会いました。いつものように先回りして読んでいた国語の教科書の中で読みました。それは今まで読んだどんな文章とも違うものでした。

「この主人公、めっちゃ頭の中でしゃべっている。俺と一緒ぐらいしゃべっている」

まず最初に思ったのはそのことでした。こんなに考えているやつが他にもいるんだ。

そして決定的だったのは中学二年の時に読んだ太宰治の『人間失格』でした。『人間失格』は僕にとって、一番頭の中でしゃべっている小説でした。内容もさることながら、頭の中でずっとしゃべっている人達がいる。ずっと考えている人達がいると知れたことが、僕は本当に嬉しかった。僕だけではなかった。みんなひとりで考え、悩み、行動している。

『トロッコ』に続けて同じ芥川の『羅生門』も読みました。初めてひとりの作家を読むということに興味が湧きました。おもしろい感覚を持った作家がいて、そんな作家がおもしろい作品を書くんだということがわかりました。

『トロッコ』は中学一年生にとって、最初はちょっと難しいと感じました。文体のせいだったのでしょうか。今では使わない言葉も出てきました。でも読んでいくうちに、気持ちがどんどん高揚していくのがわかりました。そのまま一気に読み終えました。

　自分と同じ子供の葛藤のようなものを、なんて克明に書くのだろうか。こんな狭いところを描く文章があるんだ。それまで教科書で読んだ文章でも引っかかるものはありましたが、それでもどこか「人に優しくしよう」「友達を大事にしよう」というメッセージが含まれているように感じられました。しかし『トロッコ』にはそれがありませんでした。何これ。怖い話じゃないか。

　主人公の少年がいろんなことを考え、大人に認められたいと思う。でもそんな大人に突き放された時、自分が子供で弱い存在だということを自覚しながらでも弱音は吐けないから、半泣きでひとり家に帰る。大人の適当さも描かれている。もう全部がすごいと思いました。

　主人公は家に着いて泣きます。いつもよりは確かに帰りは遅くなったけど、実はそんなに遅い時間ではなかったはずです。でも少年の中ではとんでもないところまで行って、走って帰ってきたという気持ちがある。いつもとは違う帰り道の時間と距離もあるけれど、大人との間で起こった出来事により、少年の中に大きな変化が生まれました。それは本を読んで得る初めての共感でした。僕も身に覚えがあることでした。

中学一年の時、難波麻人という男と同じクラスになります。彼は現在、キャラバンというお笑いコンビを組み、芸人として活動しています。彼とはサッカー部でも一緒で、お笑いやサッカー、あらゆることを一緒に体験し議論しました。その後彼は、僕にとって大きな存在になっていきます。

難波も『トロッコ』がめちゃくちゃおもしろかったと言っていました。その後、『羅生門』を読んで僕が興奮して「やっぱり芥川おもしろい」と伝えると、難波は「ちょっとベタやと思ったけどなあ」と言いました。「予定調和な感じがした」と。「こいつ天才や」と思いました。初めて批評に触れた気持ちでした。僕はそれまで、本を読んでそんなふうに思ったことはありませんでした。

『人間失格』――「お前に飽きた」

中学二年の時、後に「線香花火」というコンビを組むことになる原偉大《たけひろ》と出会います。彼とは同じクラスになり、もうひとり中学二年生の終わりに震災で神戸から引っ越してきた松本、そして難波と、いつも四人で遊んでいました。

　松本は洋服が好きで、原は音楽が好きで、難波はお笑いを中心に全般が好きでした。その三人の存在はとても大きかった。いい環境でした。今の僕が全部入っています。四人はいつもおもしろいものを共有する仲間でした。原がザ・ブルーハーツをすごく好きで、僕はブルーハーツももちろん好きだけど、ザ・ブームが好きでした。奥田民生さんの話とか、服の話、お笑いの話、あらゆる話をその四人でしていました。

　ある日、原が「これ、人間不信になんで」と、家から『人間失格』を持ってきました。原の母親が本の好きな人だったので、彼の家にはたくさんの本がありました。「お前みたいな主人公が出てくるから読んでみ」そう言って渡されました。中学二年、十四歳でした。

　幼少期の頃の描写、主人公・大庭葉蔵とその友達・竹一とのやりとりの辺りがやばかった。当時、難波や原にもしゃべっていない自分とまったく同じ感覚が、そこには全部書かれていました。主人公はなぜそれを言ってしまうのか。

　学区の関係で僕の住んでいる地域だけ、同じ小学校の人達とは別の中学校に進みました。僕は小学校時代、明るく男らしく生きなければなりませんでした。本当は暗くて、いつも頭の中でひとり悩み考えている人間なのに。だから中学校に入ることによって一気に自分を変えることができました。中学一年の時は難波以外誰ともしゃべらないでいられました。中学デビューの反対。もう無理することはやめる。完全に切り換えることができました。

そんな中でも難波と原の前では、何かおもしろいことが言いたいという意識がありました。そのような状況で『人間失格』と出会いました。

『人間失格』には最初から最後までずっと摑まれっぱなしでした。大庭葉蔵の言動の一つひとつを、これはウケる。あっ、これは自分もやったことある。これもウケる。この主人公は自分と一緒だと思いました。太宰にはまる多くの読者がそうであるように、「太宰という人はなぜ僕のことがわかるのだろう」と不思議に思いながら、どっぷりとはまっていきました。僕にとって『人間失格』は特別な本になりました。

その日、体操の時間に、その生徒（姓はいま記憶してはいませんが、名は竹一といったかと覚えています）その竹一は、れいによって見学、自分たちは鉄棒の練習をさせられていました。自分は、わざと出来るだけ厳粛《げんしゅく》な顔をして、鉄棒めがけて、えいっと叫んで飛び、そのまま幅飛びのように前方へ飛んでしまって、砂地にドスンと尻餅《しりもち》をつきました。すべて、計画的な失敗でした。果して皆の大笑いになり、自分も苦笑しながら起き上ってズボンの砂を払っていると、いつそこへ来ていたのか、竹一が自分の背中をつつき、低い声でこう囁《ささや》きました。

「ワザ。ワザ。」

自分は震撼《しんかん》しました。ワザと失敗したという事を、人もあろうに、竹一に見破られるとは全く思いも掛けない事でした。自分は、世界が一瞬にして地獄の業火《ごうか》に包まれて燃え上るのを眼前に見るような心地がして、わあっ！　と叫んで発狂しそうな気配を必死の力で抑えました。

（太宰治『人間失格』）

葉蔵が鉄棒を失敗し尻餅をつく。そこで僕は初めて「えっ⁉」と思いました。なんでこんなセンスあるやつが、こんな急におもしろくないあざとい失敗の仕方をするのか。「ああ、やっぱり自分とは違うのかもなあ」と思っているところに竹一が出てきて「ワザ。ワザ。」と囁かれる。

これ以上やったらバレるとか、これはおもしろくないという、その基準のラインまで自分と一緒だったんです。この作家は信用できる。もう完全に心を摑まれました。それ以降、主人公は年齢を重ね、いろいろな出来事が起こるのですが、当時十四歳の僕は、幼少期からその年までの主人公に自分を重ねていました。それが『人間失格』の最初の読み方でした。

『人間失格』を読む前だったと思います。原に「お前に飽きた」と言われました。体育館の横でふたりで座って音楽の話か何かをしている時だったと思います。いつもは僕がボケると原はめっちゃ笑ってくれました。その時も会話の中で同じようにボケました。そしたら、「お前に飽きた」と言われたんです。衝撃でした。それまで僕は、自分の笑いを批評されたことがありませんでした。誰も、僕がわざとボケていると気づいていない。そう思っていました。誰もが又吉はアホで変なやつで、訳わからんこと言うやつとして僕のことを扱ってきました。半分はそういう部分もありましたが、半分はわざとやっていました。それを、生まれて初めて、お前が今わざとやっているそのパターンの笑いは「飽きた」と言われたのです。

それ以降の日々は必死でした。こいつをなんとか笑わせたい。その一心でした。原の前でだけは、わざと失敗する系の笑いは使わない。何をおいても僕は、こいつを笑わせなければ、楽しませなければならないと思っていました。

本は生活に直接反映される

その後、原の母親の本棚からたくさんの本を借りて読みました。多くは日本の近代文学でした。

ひとり頭で考え続け、悩み続けていた小学校時代があり、そんな中で『トロッコ』をはじめとする芥川の文学、そして太宰の『人間失格』と出会います。

よく、スタイルで、教養主義的なものとして読書を始めるということも聞きます。でも僕の場合、自分が相当なアホであるという自覚がありましたし、お笑いや音楽やファッションと同時期に刺激的でおもしろいものとして近代文学と出会えたので、教養主義的な読書にはなりようがありませんでした。文学が、ファッションと共にお洒落なものとして扱われることを嫌悪する変な潔癖さも持たなくて済みました。近代文学はお笑いや音楽やファッションと同じように刺激的で僕をドキドキさせてくれるものでした。

高校も電車で片道一時間かかる場所にあったので、毎日往復の時間に本を読んでいました。武者小路実篤の『友情』を読んだ時は続きが気になりすぎて、帰宅途中、駐輪場の灯《あかり》で最後まで読み続けました。

本は僕に必要なものでした。本当に必要なものでした。自分を不安にさせる、自分の中にある異常と思われる部分や、欠陥と思われる部分が小説として言語化されていることが嬉しかった。「自分は変ではない。あるいは、人なんてみんなどこか変な面があるのだ」と知ることができました。本は自分の生活に直接反映されるものでした。

中学校に進むと、先生や、大人とのつき合い方も変わりました。中学の先生にはいまだに感謝しています。小学校の時はほとんどの大人に対して反感しかありませんでした。どう接していいのかまったくわからず、騙されてなるものかと大人の言動を常に疑っていたのです。大人と上手く関係性を築くことができないのは、それまでの自分の態度にも原因があったのだと気づきました。だから、中学からは少しだけ肩の力を抜いて、大人と接することにしました。そうするとみんな「お前アホやな」と普通に接してくれるようになりました。ようやく好きな大人ができました。

みんなが僕のことを笑ってくれました。こっちの方が楽でしたが、「なめられすぎたら腹立つなあ」という感覚もありました。『人間失格』ではこの微妙な気持ちの揺れみたいなものがとても丁寧に整理され、描かれていました。太宰自身は実際もっと複雑だったのかもしれません。でもそれをとてもわかりやすく書いてくれていました。

大人が嫌いだと思っていました。でも『人間失格』を読んで、僕は大人が、人間が怖かったのだということがわかりました。友達には「まったん、俺らといる時はおもろいのに、父兄おる時一言もしゃべらんよな」と言われていました。僕はずっと緊張していました。笑っている顔を大人に見せたくありませんでした。

サッカーの試合の時に大人がゼリーやプリンを差し入れで出してくれると、みんなはワーッと集まる。でも僕にはそれが絶対にできませんでした。大人に何かを期待することができませんでした。僕の中で大人は、「又吉の分のゼリーはないで」と平気で言ってくる可能性がある存在でした。ゼリーの数と子供の数を確認して確実にあることがわかってから、ゼリーにゆっくりと近づいていくんです。子供は無邪気で人を傷つけると言うけれど、大人こそ平気で人を傷つける、怖いこと言ってくる。そう思っていました。

怪我をして家で母親に薬を塗ってもらったり、トゲを抜いてもらったりする時は、「痛い、痛い！」と大声を上げていました。でもサッカーの試合で怪我をして血を流して、他の父兄に消毒してもらう時は顔色ひとつ変えませんでした。我慢をしていたというわけではなく、その時はもう痛みを感じていなかったんです。大人の前で本物の弱みを見せることができないという感情が、肉体にまで影響を及ぼしていたのだと思います。

『人間失格』の中で描かれる「人間が怖い」という気持ちが痛切にわかりました。僕もそんな風に思っていいんだ、言ってもいいんだ、と思いました。

自分のことがまったくわかりませんでした。どんな人間か整理することができませんでした。明るい／暗い。強い／弱い。どちらにもふりきれない。そして、そんな話ができる相手はどこにもいませんでした。

今は、近代文学も現代文学も全般的に好きですが、学生時代に読んだ近代文学には、人間の苦悩をとことん突き詰めているものが多かったように思います。彼らには考える時間がたくさんあったのかもしれません。僕は本の、小説の、まさにその部分にひかれました。

それまで僕は、誰ともキャッチボールができませんでした。ひとりで考えひとりで壁にボールをぶつけていました。自分の頭の中で考えがめぐるばかりで答えは出ませんでした。変な人間に生まれてきてしまった。もうどう生きていったらいいのかわかりませんでした。

でも本に出会い、近代文学に出会い、自分と同じ悩みを持つ人間がいることを知りました。それは本当に大きなことでした。

本を読むことによって、本と話すことによって、僕はようやく他人と、そして自分とのつき合い方を知っていったような気がします。

笑いが一番早かった

中学生になり、難波とクラスもサッカー部も一緒だったので、ずっとお笑いの話をしていました。お笑い、恋愛、人生、初めてなんでも話せる相手ができました。難波は芥川の『羅生門』がベタだと言うやつですから、批評精神があり、何に対してもシビアな視線を持っていました。僕は難波よりも遥かに単純で、感情寄りにものを考えるタイプでした。彼との会話はいつも刺激がありました。

中二の頃には、はっきりと芸人になりたいと思っていました。

その年の十二月二十一日、原と急遽《きゅうきょ》学校で漫才をやることになりました。その時にはもうネタをいっぱい作っていたんです。コンビも組んでいないのにノートには僕と原の名前で漫才を書いていました。その日、勇気を出してノートを原に見せました。友達に対して「お前に飽きた」と平気で言うような男ですから、相当緊張しました。そしたら、「おもしろい」と言って笑ってくれました。ここから展開が早いのですが、その日に原が担任に「漫才やらせて」とお願いして、当日の午後、教室で初めて漫才をやらせてもらったのです。

みんな笑ってくれました。平凡な表現ですが、ちゃんと世界が変わりました。昨夜まで自己満足にすぎなかった自分の世界の中だけでの表現で、誰かが笑ってくれたわけですから。終わった後、「あんま調子乗んなよ！」と言ってくる人もいませんでした。

その時に、原とコンビを組んで芸人になることを決めました。それで中三の時に、一度「卒業したらすぐNSC（吉本興業のお笑い養成所）行かへん？」と原を誘ったんです。その時は「絶対ない」と即答されました。

原は僕みたいな構造の人間を無効化します。中学に入り、暗くなって休み時間でさえも自分の席から動かず一言もしゃべらない。でもたまに突然変なことを言ってみんなに気を遣われる対象になりつつあった僕を、平気でぶっ壊してくる。彼には天性のツッコミの気質があったと思います。人間の繊細さを考慮しない。

突き詰めて話すと原もいろいろ考えていることがあるとわかるのですが、最初は雑なやつだなという印象でした。でもそのバランスが良かったんです。僕と難波は何がおもしろいのかという話をとことん細かいところまで掘り下げます。でも、原はそういうことを「しょうもない」「それダサいやん」の一言で片付ける。原は僕にとって三つ目の声でした。

原に一度お笑いへの道を断られてからは、地元の高校に行ってサッカーをやりながらお笑いをやろうと思っていました。でも、先生に「サッカーの強い北陽高校に行ったらどうだ」と薦めて頂きました。小学校でのサッカー部の父兄の言葉を思い出し、僕は北陽高校を受験することを決めました。北陽に入学してからはサッカー漬けの日々でした。

中学時代は、洋服、音楽、本、お笑い、本当にすべてに興味がありました。でも、中二の時点でお笑いと決めたのは、やっぱり当時あらゆるジャンルの中で、お笑いが一番入ってくるスピードが早かったからだと思います。毎週全国放送でダウンタウンさんがコントをやっていて、関西では深夜番組で千原兄弟さんやジャリズムさんがネタ番組をやっていました。毎週コンスタントに新しい、おもしろい笑いを観ることができる環境でした。

CDは中学生にとっては高いものでした。グリーン・デイ、ニルヴァーナ、そして中三の終わりでミッシェル・ガン・エレファント。ブランキー・ジェット・シティ、ザ・イエロー・モンキーを聴き、なんて格好良いんだと話していました。しかし音楽は当時、どうしても少しずつしか聴くことはできません。家から二キロ離れたＣＤショップまで走り、数曲だけ無料で試聴し、親に怒られない時間までに走って帰る。その道中、聴いた中で「どうしても自分に必要な音楽はどれだ？」と真剣に考えるんです。映画もお金を貯めて買った『スタンド・バイ・ミー』のビデオを繰り返し観るしかない。服もそんなに買えるわけがないし、雑誌も立ち読みするぐらいでした。今一番最先端のものを、毎週のように、基本タダで浴び続けることができるのはお笑いだけでした。

『人間失格』を読んだ時、その内容に衝撃を受けたのと同時に、こんなダウンタウンさんみたいな感覚の人がお笑いの世界以外にもいるのかとも思いました。かつてはみんなの共感や、新しい感覚の発見を、文学が担っていたのかもしれません。それが僕の時代、僕にとってはお笑いでした。

松本人志さんがテレビの音楽番組「HEY! HEY! HEY!」のトークの中で、「両親が喧嘩して『あんた、お父さんとお母さん別れたら、どっちについてくる?』」とボケで言った時に、お客さんがすごく笑っていました。もちろん僕も笑いました。でもそれは僕からしたら、『人間失格』の中で知る感覚と同じものでした。よそでは言えない我が家だけの問題だと思っていたら、それはみんなにもあるものなんだと。

自分の心に引っかかってくる何か新しくておもしろいものが、『人間失格』からもダウンタウンさんの笑いからもビシビシ感じられました。何かすごいおもろい人がいる。おもろい大人がいるという衝撃です。

大阪の心斎橋筋2丁目劇場で千原兄弟さんが中心でやっていた頃、若手が毎週新ネタを作ってランキング形式で発表する『すんげー! BEST10』というテレビ番組がありました。当時関西の中学生で、文化的なことに少しでも興味があるやつは誰もが観ていました。後は関西のファッション誌の『カジカジ』。クラスの三分の一は『カジカジ』を読んでいました。『すんげー! BEST10』と『カジカジ』、このふたつを当時の刺激的なものを求める中高生はみんな押さえていました。

小六の時、テレビで観た中川家さんのショートコントが衝撃的で今でも覚えています。剛さんが、「すみません。大阪駅行きたいんですけど」と言う、礼二さんが広東《カントン》語でワーッとしゃべり出す。もうその時点でおもしろいんですが、説明が終わり剛さんが「ありがとうございます」と言って歩き出す。そしたら、礼二さんが「わかったんかい！」と日本語でツッコむ。全部、初めて見るパターンの笑いでした。新しい笑いが、毎週毎週テレビで更新されているように感じていました。

当時2丁目劇場で、ジャリズムさんがライブの合間に「ぬ」というひらがなを映像で出して、それがどんどん大きくなって「これ、ほんまに『ぬ』か？」とナレーションを入れるということをやっていました。いわゆる「ゲシュタルト崩壊」というやつです。その言葉は知らなくても、その感覚はわかる。深夜番組の中で、新しい感覚の笑いが次々と発明され発表されていく。2丁目劇場では若い才能がぶつかり合いむちゃくちゃな混沌が生まれていました。視聴者として、そんな時代に立ち会えたことは幸運でした。

一刻も早くお笑いがやりたかった。僕は高校を卒業する時改めて原を誘い、東京の吉本興業のお笑い養成所NSCに入るため、上京しました。

第2章

創作について――『火花』まで

二十五歳で死ぬと思っていた

上京したのは一九九九年の四月でした。

吉本のお笑い養成所NSCは、芸人になりたい人、おもしろいことを言いたい人、つまり自分が信じる笑いの力で教祖になりたい人が約五百人集まるカオスな場所でした。そこでは全国から集まった様々な個性がぶつかり合っていました。

そんな変なやつらの集まりですから、講師の言うことは基本的には誰も聞きません。たまに真面目に講師の言うことを実践しようとする人もいましたが、夏くらいでみんな辞めてしまいました。講師も「そのままやるなよ」と思っていたはずです。僕も今、「文学とお笑い」というテーマで何度かNSCで講師をやらないかと言われます。でも、申し訳ありませんがお断りしています。講師の話と、芸人の先輩という立場で話すのとでは生徒達への響き方は多少違うと思いますが、たとえ本音で話したとしても「お前くらいが、何言うとんねん」と僕に対して生徒が思うのは健全なことですから。

僕自身、養成所在学当時はどんな講師に対してもそう思わなくてはならないと信じていました。講師が自身のこれまでの経歴を話しますが、僕にとっては、その話が自分にどのような響き方をするかがすべてでした。生意気ながら知っていることばかりだと思って聞いていました。

講義の前段で、「今、俺がこうしてしゃべっていることも、この中で五人ぐらいが理解できたらいい方で、意味はわからないと思うんだけど」と話し始める講師がいましたが、僕はこんな話も理解できなかったら終わりだと思って聞いていました。そういうことも含め、大人って若者のことをすごく馬鹿にしているなと、改めて感じていました。

生徒達の非凡アピール合戦も目の当たりにして、毎日吐きそうでした。個人個人ではおもしろい人や才能豊かな人も確かにいたのですが、自分が何者かであることを信じて疑わない者達が集団になった時の異様さは本当に気持ちの悪いものでした。もちろん僕自身もその集団を形成しているうちのひとりなんです。そういう環境の中で、自分はどうしていくのかを客観的に考える機会を与えられたという意味で良い経験になりました。

オリエンタルラジオのあっちゃん（中田敦彦）が『芸人前夜』（二〇一三年）というN

SCが舞台の自伝的小説を書いています。彼は養成所に入学した時点で、いや入学の前からまわりの人間を見ながら、自分達はこの場所でどれだけ合理的に、一番早く前へ出るかということを考えながら突き進んでいきます。『芸人前夜』を読んで僕と視点が似ていると思いました。その後の、ビジョンを具体的に実現させるための行動力や才能は彼の方が圧倒的に上なので、「一緒にすんな」と怒られてしまうかもしれませんが。

みんな人前でスベるのは嫌なんです。特に芸人を目指している人間の前で、自分達の芸をしてスベるなんて本当に嫌なことです。でも僕は当時、自分も含めて生徒は全員素人だと思っていました。だからそこではあまりビビりませんでした。みんな、何人か他の人がネタをやった後に、少しでも場がなごんでからネタを発表したがるのですが、僕は毎回必ず一番に名前を書いていました。

一番最初はウケにくい。でも、後の方にエントリーして時間切れでネタをやれなくなる可能性があるのなら最初の方がいい。毎回一番だったら名前も覚えてもらえるし、選抜に選ばれる可能性も高くなる。そしたらチャンスも増える。その考えはあっちゃんも一緒だったと思います。まわりと違うことをやる。これはやる意味があるのかどうか。そういうことは常に意識していました。

当時の僕は、二十五歳で死ぬという想定で生きていました。本気で思っていました。中学の時はノストラダムスの大予言のせいで十九歳で死ぬと思っていました。「どうせ死ぬんだ」と思っていたので歯医者にも通いませんでした。二〇〇〇年を迎えて慌てて歯医者に行きました。でもそれが僕のやり方として定着してしまいました。人生は決して長くない。短めに寿命を設定してその限られた時間で何をやるか決める。生き延びたら、また設定し直す。ノストラダムスのせいで、僕にはそんな癖がついてしまいました。まわりからは何をそんなに急いでいるのかと言われます。

養成所時代は、三年以内に世に出られなかったら終わりだと思っていました。そこをゴールだと考えていたので、余裕などまったくありませんでした。

本を読む。ネタを書く。散歩する。

NSCの時間以外、昼間はずっと本を読んでいました。

アルバイトは日雇いのような、その日に登録して働けるものばかりでした。コンビニのアルバイトは「暗い。声が小さい」という理由で、面接で落とされ続けていたのですが、ようやくその年の終わりに初めて受かりました。やっと一般的なアルバイトが始められたという気持ちでした。

上京した時持ってきた本は、新潮文庫の太宰と芥川を何冊かでした。そこに三島由紀夫の『金閣寺』と谷崎潤一郎の『痴人の愛』も混ざっていたかもしれません。後は誰かから借りパクしていたシドニィ・シェルダン。図書館などの施設から借りパクしたのではないです。

地元の寝屋川にいる時、僕の実家の近所に古本屋はありましたが、マンガしか置いていませんでした。他にはちょっとだけ文庫コーナーがある程度。東京に来て一番嬉しかったのは、街中にある小さな古本屋でも充分なほど読みたくなる文学の本がたくさんあるということでした。

吉祥寺と三鷹にある古本屋をほぼすべて廻りました。西荻窪、荻窪辺りまで遠征に行くこともありました。何軒も見て歩き、店の表に出ているワゴンの中から安いものを買いました。それぞれの古本屋の棚は全部頭に入っていました。歩き疲れたらどこかお店に入ってネタを書きました。本を読む。ネタを書く。散歩する。これしかやることはありませんでした。

最初に入ったのは、三鷹に住んでいた時、駅から五、六分で家の近くにあった普通の古本屋でした。深夜二時までやっていたからよく行きました。この間行ってみたらつぶれていました。

漱石も谷崎も太宰も芥川も、近代文学の文庫はそこで全部買えました。町田康さん、村上春樹さんの単行本も置いてありましたが、当時の僕には高くて買えませんでした。読みたいけど読めない。古本屋に並んでいる二百円の文庫本が高いという感覚でした。店の表のワゴンの中で日に焼けていて、五冊で百円。土地柄か、国木田独歩の『武蔵野』と山本有三の文庫本ばかり並んでいました。後はやっぱり太宰が多かった気がします。太宰は吉祥寺、三鷹に限らずかもしれません。

上京してすぐの頃は、多分人生で百冊ぐらいしか本を読んでいなかったから、あれも読みたいこれも読みたいと、その店でだいたい揃えました。太宰、漱石、芥川、谷崎、三島、武者小路、その辺りで読んでいないものを見つけたら買って読むという日々でした。

当時僕が本に求めていたのは、自身の葛藤や、内面のどうしようもない感情をどう消化していくかということでした。近代文学は、こんなことを思っているのは俺だけだという気持ちを次々と砕いていってくれました。その時、僕が抱えていた悩みや疑問に対して過去にも同じように誰かがぶつかっていて、その小説の中で誰かが回答を出していたり、答えに辿りつかなくとも、その悩みがどのように変化していくのかを小説の中で体験することができました。

もちろん、そこから強引に自分の答えを探すような読み方はしませんが、あらゆる小説に触れることによって、視点を増やすことができました。自分を肯定してくれるものばかりではありません。自分とよく似た思考の登場人物が、おもしろくない人として罵られているような作品もあります。だから僕はもっともっと本を読まなければなりませんでした。

現代文学の単行本は高くて買えませんでしたが、平野啓一郎さんの『日蝕』が出た時は、高くても無理をして買いました。自分とそれほど変わらない世代の人が、どんな小説を書くのだろうというのはすごく興味がありました。文体、発想すべてに衝撃を受けました。

これまでの人生で一番本を読んだのが、上京してから五年間くらいの間でした。養成所時代、当時コンビは組んでいなかった今の相方・綾部祐二から、講義が終わった後「みんなでお茶行くから、まったんも行かない?」と誘われたことがありました。僕はどうしても本の続きが読みたくて、「ちょっと用事があるから」と断りました。先に出て、少し離れたところにあった赤坂の喫茶店に入り本を読んでいたら、そこへ綾部達が入ってきて、すごく気まずくなったことがありました。気まずさで、ほとんどコーヒーの味がしませんでした。

当時は劇場の楽屋でもずっと本を読んでいました。今なら、先輩がいたら本は読まずに会話しようと思います。でも、あの頃は先輩とどうしゃべっていいのかもわかりませんでした。劇場の楽屋や、裏の階段に座ってひたすら本を読んでいました。

先輩の家にお邪魔した時、先輩や他の後輩達がテレビを見ていたので、僕は持参した小説を当たり前のように読んでいました。先輩に「又吉、先輩の家で長編小説は読んだらあかんで」と注意を受けましたが僕は先輩が冗談を言っていると思い、「ハハハ」と一旦笑った後、再び本の上に視線を落とし作品の世界へ突入していきました。先輩達の会話とテレビの音が丁度いい雑音になって随分集中して読むことができました。今となっては後輩として、いや社会人として非常識な行動だったと自覚しています。

次第にまわりからも「ずっと本読んでんなあ」と笑われるようになっていきました。忘年会や新年会の二次会でカラオケに行った時でさえも、曲が載っているあの厚い本をめくりながら、唄える曲を探しているつもりが「だ、だ、太宰……」といつのまにか、太宰治の名前を探してしまったこともありました。

その後、二十六歳くらいで少しずつ収入が増えてきて、新刊を買えるようになりました。増えたと言っても月十万円くらいですから、家賃と食費を抑えてようやく新刊が買える程度です。そこからは現代文学を少しずつ読んでいきました。本屋で好きな本を買うことができる。読みたい本が読める。これは僕にとって奇跡的なことだったんです。

十八歳で初めて書いた小説

十八歳の時、初めて小説を書きました。

大阪でも百冊くらい読んできて、東京に来てからもまた百冊くらい読んだ。今なら書けるかもしれないと、ＳＦみたいな物語のイメージが頭の中に広がり、これはおもしろいものが書けると確信し書き始めました。でも原稿用紙十枚しか書けない。しかもあらすじだけで終わっている。え、小説ってどういう構造になっているんだっけ。どんな文体が、構成が、方法があるんだっけ。

その時から初めてそういう視点でも小説を読むようになりました。おかげで読書がすごくおもしろくなりました。すべての作家をまず尊敬することができました。小説の一行目からおもしろくなりました。

その後別のものを書こうと、日記風の小説を書き始めました。『情緒破綻《はたん》者の○○』みたいなタイトルで、一人称の思考が途中から予期せぬ方向に飛んでいってしまう。そのまま思考が転回され、ひとつの思考を維持できない。今説明していてもよくわからないように、書き始めたら二枚半くらいで飽きてしまいました。あれ、全然おもしろくないやん。

壮大な物語はあらすじだけの十枚で完結し、もっと狭い自分の脳の中を描くというある意味大きなことをやろうとした小説はまったくおもしろくない。駄目だ。自分には才能がないときっぱり小説を書くことをやめました。と言っても、スケボー買ったけど、やってみたら難しくて全然できなかった。よし今後は見る側にまわろう。というような感覚です。その時点では小説を書くということに対して真剣な思いはありませんでした。

その後も物語自体はたくさん作りました。小説という形式ではなく、頭の中で物語の筋や細部を考えるのが楽しかったのです。その中のいくつかは後々、漫才やコントや舞台の脚本に反映されました。

上京一年目、養成所時代から毎日ネタを作っていました。それ以外やることがありませんでした。思いつかなくてもノートの前に座りペンを持ち、「原　はい、どうも線香花火です。／又・原　よろしくお願いします」までを書く。とにかく毎日それだけはやりました。思いつかなかったら昨日と同じことを繰り返し書く。少なくとも設定までは書く。

ネタを書くために二十四時間営業のファーストフード店やファミレスにも行きました。後は散歩し、何かを思いつくと座ってノートに書きとめました。コンビニで深夜バイトしている時も、紙ナプキンの裏にネタを書いていました。自由律俳句を作る前でしたけど、一言ネタみたいな感じのものはその頃からたくさん書いていました。努力でもなんでもなく、それをやっている時間が幸福でした。そんな風に何かを考えている時が一番楽しい。今もひとりでそんなことばかり考えています。

初めて活字になった原稿

自分が読むもので好きなのは小説だったのですが、それ以降小説を書くという発想はなくなりました。エッセイで本を出すという発想もありませんでした。

線香花火としてデビューして二年目の頃ですが、吉本興業の広報誌『マンスリーよしもと』の若手芸人がコラムで競い合うというコーナーで文章を書かせてもらうことになりました。話を頂けたのは本が好きと公言していたからだと思います。僕の初めて活字になった原稿でした。

連載第一回目が一位でした。驚きました。それでちょっとテンションが上がって、今後も真面目に書いていこうと思いました。

当初は十回優勝したら、単独連載誌面をもらえるという話だったのですが、十回優勝しても扱いは変わりませんでした。それをモチベーションとして書いていたので、途中からは正直テンションは下がっていきました。結局は戦わされているだけかと、納得いかない時もありました。これで負けるのかという時もあれば、これで勝ててしまうのかという時もありました。後半からは、最下位を狙って書いているのに、全然連載が終わらなくて、もうこのまま僕が老いて朽ち果てるまで永遠に終わらないのではないかと恐ろしくなったほどでした。結局、『マンスリーよしもと』がリニューアルするまでこの連載は続くのですが、最後までノーギャラでした。途中からは他の媒体でも書かせて頂けるようになり、少しではありますが原稿料ももらえるようになりました。

今となっては、『マンスリーよしもと』でのこの作業は僕の人生にすごく重要な時間だったと思います。当時の僕には、雨上がりの空に虹がかかり、その虹が完全に消え去るのを眺めていられるほど時間に余裕がありました。世間的に時間があると言われている学生さんは勉強をしている。遊びもある。フリーターにはバイトがある。僕にはやらなければならないことが何もなかったのです。誰よりも時間があったので、真剣に、四百字の中にどれだけ情報量を詰め込むか、言い回しをどうするかということを毎月工夫していました。

毎回書き上げると八百字はある。多い時は千六百字もある。それを四百字にするのですが、ごっそりカットするのではなく、内容はそのままで言葉を置き換えて圧縮する作業を続けました。

例えば、「精神内部で違った方向に進む力と力がぶつかり合う状態」という文章を、「葛藤」という単語に置きかえると文字数を大幅に削ることができます。内容を変えずに文章を短くできた時の感動は、テトリスでずっと待っていた長い棒がようやくきた時と同じような快感をもたらします。このような作業をひたすら続けていくと、長文を圧縮させる能力はぐんぐん上がるのですが、必然的に漢字が増え、一時期、中国のお坊さんが書いたような漢字だらけの文章になったこともありました。

この連載のおかげで、どうしようもない文章が多少はましになり、おもしろいかどうかは別として、人に読んでもらえるようになったと思います。今、四百字の原稿なら、三十分ぐらいで書けることもあります。でも当時は数週間かけて書いた原稿を何十回も読み返し、修正を繰り返して完成させていました。

今、エッセイなどを本にする時は、何度も自分が書いた文章を読み返します。このくらい文章を見直さなければ人前に出してはいけないと、あのコラムを書き始めた頃のことを懐かしく思い出します。本気とはこういうことなのだと、この頃の文章を読むと思います。

線香花火からピースへ

原偉大と線香花火を組んでいた時は漫才だけをやろうと思っていました。単独ライブをやる時、二時間漫才をやり続けるのも難しいと思いコントを入れることはありましたが、そのコントも構造は漫才的なものでした。線香花火としては漫才師として頑張りたいという想いが強かったんです。原は漫才師のツッコミでした。あいつがコントをすることにすごく違和感がありました。僕自身漫才師のボケで、コントをやることにやっぱり違和感がありました。

当時、テレビで目にする若手と呼ばれる先輩や同世代の漫才は、ウケるところをつないでいくベストアルバム的な作り方になっていました。でも僕にはやろうと思っても、そういうネタができませんでした。僕の作り方は、毎回まず小論文のようなものを書き、それを漫才に落とし込んでいくというものでした。必ずひとつのテーマを持ち、ネタを通して何かを伝えたいと本気で思っていたのです。しかし、漫才は人に笑い以外の何かを伝える手段には不向きなんです。情熱はありましたが、客席から笑い声が聞こえなかったので、途中から徐々にやり方を変えていきましたが、線香花火初期の頃は全部そのようなスタイルでした。

線香花火が解散し、ピースとして綾部と組んでからは作り方を完全に変えました。最初は、自分が描いていたものがなかなか形にならないことにもどかしさがありました。線香花火でやっていた漫才は、自分が普段から考えていることを考え抜き、何かしらの答えまで辿りついたものをネタとして提出するというものでした。当時、僕にはその作り方しかできませんでした。感覚的な笑いより、テーマや言葉の重みで勝負したかったのです。今になって思うと、あの時代感覚に逆行するような手法を選んでしまっていたことが、何より感覚的だったのかもしれません。市場を一切調査せずに自分のやり方でやるというのは、内見を一度もせずに家を購入するようなものです。雨漏りもするし、おばけも出ます。

でもピースになり、綾部のポップさと自分のやり方が交わるところを探さなければいけなくなりました。とはいうものの、綾部は少しでも文学的だったり哲学的だったりすると嫌悪感を示します。だから、表面上そういう雰囲気は排除しなければいけない。かといって、綾部のテンポやノリに僕が無理してついていくのも難しかった。

途方に暮れながらも、希望はありました。綾部は誰にも気づかれていませんが、一瞬の閃《ひらめ》きに関しては同世代ではトップレベルというか、敵がいないほどの才能があるんです。綾部は馬鹿ですが、発想だけは誰かとの類似性がない。まだ世に出ていない何かを生み出す能力が突出しています。

だから、その綾部独自の発想と僕の怨念めいた感情の塊を融合させれば新しいものが生まれるのではないか、そんな奇妙な世界なら両者の特徴を最大限に生かせるのではないかと考えていました。実際にその線はコンビを組みたての頃に何度かコントで試しましたが上手くいきませんでした。もしかしたら、綾部の閃きがすごいというのは僕が勝手に抱いている幻想なのかもしれません。もうコンビを組んで十年以上になりますが、誰からも長所として閃きを称《たた》えられているところを見たことがありません。評論家らしき人が伝えるのは、綾部の社交性や器用なところ、少し深めに掘り下げたとしても、逆境に立たされてもめげずに自分のキャラクターを際立たせられるところ、というような、わざわざ書かなくても見たらわかることばかりです。

綾部がピースとしてイメージするコントはもう少し演技力が必要とされる笑いでした。劇場でお客さんに笑って頂けるコントができるまでには長い時間がかかりました。綾部の求める笑いに、どれだけバレないように感情と言葉のアプローチを自分なりに入れていけるかという作業は楽しくもありましたが、なぜ僕は人知れずこんなに複雑で地味な作業を続けているのだろうとわからなくなる時がありました。そんな環境に自分を置いていたので、なんの制約もなく自分が思うままに表現することが許される文章の世界は、とても楽しく魅力的でした。自由に表現できる場所がひとつもなければ僕はおかしくなっていたと思います。

コントをやることに今でこそ抵抗はありません。衣装も着られて、小道具も使える。方法の幅が広いから作っていてもおもしろいんです。たまに劇場の出番前、バケモノの格好をするためにカツラを合わせている自分を鏡で見て、「漫才師になるために上京してきたはずやのに」と笑ってしまう瞬間はありますが。

芝居の脚本を書く

ピースとしては神保町花月という劇場にも出演していました。プロの作家と演出家が芝居を作り、芸人が演じるというコンセプトの劇場でした。

ピース主催の初公演の時、誰が悪かったわけでもないのですが、作家と演出家の方向性が合わず、大きく修正する時間もないという状況で、物語はおもしろくない、笑いも詰め切れないという中途半端な形で本番に突入してしまいました。その結果、想像を絶するほどスベりました。水道橋を走る軽トラのエンジン音が聞こえました。四谷の神社で投げられたお賽銭の音が聞こえました。お客さんからも酷評の嵐でした。

その後、本当に生意気なのですが「もうやりたくない」と言いました。神保町で電車を降りるのが怖くなったんです。劇場の方と何度か押し問答があったのですが、ほとんど命に関わることだったので引く気はありませんでした。すると最後に「じゃあ自分で書いてみる?」と言われました。

やばいことになりました。人にはおもろいやつを書けと要求するくせに、実際に書けと言われたら自分におもしろい芝居が書けるのか。それまで芝居を書いたことはなかったのですが、これで引き下がるのも相当格好悪い。時間があり余っていたので、忙しいという言い訳もできない。考えた末に「じゃあ、やります」と、以降その劇場では自分で芝居を書くことになりました。

最初に書いたのが『凜』(二〇〇七年十二月)という芝居でした。その作業がけっこう楽しかったんです。今思うと、芝居を書くのは小説を書く作業にも似ていました。

長い物語を全部自分で考えることができました。

その他に、『誰ソ彼』(二〇〇八年五月〜六月)、『ある風景』(二〇〇九年七月)、『咆号』(二〇一〇年八月)という芝居を書きました。『凜』と『咆号』は人に見られることも意識して書きましたが、『誰ソ彼』と『ある風景』については、自分が本当に書きたいものをそのまま書けた感触がありました。

『誰ソ彼』は、あらゆる境遇のあらゆる職業の男女が同じ下宿に集まる話でした。僕がやりたかったのは、センス至上主義の男ウケする表現をやっているやつよりも、ポップで女の子からもキャーキャー言われるやつの方が、いいものを作る場合もあるということでした。当時、作品ではなくてスタイルやキャラクターに捉われている人が目についていたんです。でも、その点については、お客さんから「自虐的」という感想を多数頂きました。自分自身が誰よりも雰囲気だけの人と思われていたことを知り、愕然《がくぜん》としました。勉強にもなりました。誰にでも青春の中で駄目な時期はある。でも人が死なない限り、それはバッドエンドじゃなくて途中なのだ。

そんな前向きなテーマを持っていたのですが、全体的に暗すぎたのかやっぱり評判は良くありませんでした。「笑いに来ているのに何見せられているんだ」というアンケートが山ほどありました。僕もお客さんと同じ気持ちです。せっかくの人生を楽しくすごしたいのに、なんで自分は暗いんだと苦情が言いたいです。根底では同じことです。

それまで文章はずっと携帯電話のメール機能で書いていたのですが、芝居を書く途中からパソコンを導入しました。それまで長くガラケーで文章を書いてきたのですが、最近は腱鞘炎《けんしょうえん》でメールの文字が打てなくなりました。

初めての本『カキフライが無いなら来なかった』

二〇〇九年六月、作家のせきしろさんと共著で初めての本『カキフライが無いなら来なかった』を出すことができました。

せきしろさんとはライブで一度ご一緒したのですが、最初は何度かご挨拶したことがあるくらいの関係性でした。その後、共通の知り合いの構成作家の方と一緒にご飯を食べたのですが、その場で「俳句や短歌は好きですか?」「短歌は五七五七七で長いけど、俳句も五七五で長くないですか」というような話になりました。じゃあ、尾崎放哉、種田山頭火という自由律俳句の人がいるという話になり、僕がこんなんですかと「カキフライが無いなら来なかった」と言ったら、笑って下さったんです。それが嬉しくて、家に帰ってすぐにそんな感じの言葉をメールで大量に送りました。

後から聞いたのですが、せきしろさんは大喜利や一発ギャグのライブで僕のことを見てくれていて、俳句や短歌に向いているんじゃないかと思って下さっていたらしいのです。

それまで、ネタにはならないけど、何か捨てられない言葉みたいなものをいっぱい書き留めていました。その言葉のシリーズには「タイトル」という名前をつけて、いつか単独ライブのタイトルにしようかと思いストックしていました。でも途中から、照れ隠しで「タイトル」という名前をつけているけど、実は自由律俳句のような言葉のネタを考えたくてやっていたんだと思います。

しばらくはひたすら自由律俳句を作り、お互いに送り合いたまってきたところで、せきしろさんが尽力して下さり、出版社を見つけてきてくれて本にすることができました。

まったく世に出ていない僕のような芸人が、地味で先輩にもたいしてかわいがられないようなタイプの芸人が本を出すことができた。本を出すってやっぱり僕にはすごいことでした。しかも、せきしろさんというスペシャルなセンスの持ち主が選んでくれた。本当に大きなことでした。感謝しきれないです。

同時期に、小説家の西加奈子さんが短編集『炎上する君』の帯を書いて欲しいと言って下さったことも本当に大きなことでした。小説家の中村文則さんともお話しする機会を頂いたりと、こういう他ジャンルのとてつもない才能の人達が、僕の言葉なり表現なりをおもしろいと言ってくれたのは本当に大きな自信になりました。みなさんにとってはなんの得もない。恥ずかしくなりました。僕には何も恩返しできません。損得ではなく、ただおもしろいと思って下さったということだけが本当に嬉しかった。

本ができた時は本屋に見に行きました。ある大きな書店に行くと、詩歌のコーナーに置いてあって「いや、これ誰が買うねん」と思いました。他の書店ではポップをつけてくれていたんですが、〝せきしろと又吉直樹、世界一地味な化学反応〟と、散々な扱いでした。

その中で、下北沢のヴィレッジヴァンガードに行ったら、めちゃくちゃ目立つ場所に平積みされていました。「ウソだろ⁉ この本屋、どうなってるんだ」とまた数日後に行ったら、以前平積みしていた場所からなくなっていました。「売れたのかな」と思ったらお店の奥の方に移動され、店のポップと共に置かれていました。〝いろいろ事情があってここにしか置けませんが一番売りたい本です〟とありました。その時のことは忘れられません。

二〇一〇年十二月には、この続編である自由律俳句集『まさかジープで来るとは』も出すことができました。

著者と読者を繋ぐ『第2図書係補佐』

二〇〇六年三月、渋谷に∞（無限大）ホールという若手の劇場ができ、その劇場のフリーペーパー『YOOH!』で「第2図書係補佐」の連載が始まりました。編集の方がいて、本は又吉が一番読んでいるから本について書いて欲しいという方向性も決まっていました。

この連載では読んでくれた方に、紹介する本をちゃんと手に取ってもらうためにはどうしたらいいのかを真剣に考えました。女子高生が多数来ている劇場に自分のゴリゴリの文学観をぶつけるのは絶対に違う。僕はこんな角度で読めていますというのもいらない。

本を手に取ってもらうために、まず自分が読んで感じた「ここがおもろい」というところを摑み、そこから思い出せる自分の経験やエピソードを書いていくという方針を決めました。このエッセイをもしおもしろく読んでくれたらこの本は間違いないですよ、というものが書けたらと考えました。

十代の頃、平成ノブシコブシの吉村崇くんにゲーテの『若きウェルテルの悩み』を紹介したことがありました。吉村くんは途中で挫折して、「お前のせいで本が嫌いになったわ」といまだに言います。その経験があったので、例えば「難しいものは難しい」というその本の雰囲気をエッセイに反映させる。内容以外の、本の文章の雰囲気も伝えることを意識して書きました。著者と読者を繫ぐこと。読む人も様々ですから、本とそれぞれが持っている感覚や求める密度とどう繋げるか。

「第2図書係補佐」は本当に読者を意識しました。大人ではなく、自分より年下の人だったり本が好きではない人を意識しました。だから本にしたいと言われた時、最初は違うかなあと思いました。あの文章はあの劇場のお客さんに向けたネタだから、外に持って行った時に受け入れられるものなのかという迷いがありました。本にする時に少しだけ大人向け（読書好きという意味での）のものも書き下ろしで追加しましたが、自分が気にしていたよりは広い層の方にも受け取って頂いたようで安心しました。

二〇一一年十一月、文庫オリジナルという形で本になりました。結果的にこれが初めての単著となりました。

三十二歳までに書きたかった『東京百景』

『マンスリーよしもと』、『YOOH!』での文章を読んでもらって、吉本以外の媒体からも執筆の依頼を頂きました。

松尾スズキさん責任編集の『hon・nin』という雑誌で二〇〇七年六月からコラムの

連載を始めます。僕にとって初の対外試合でした。演出家で小説家の岡田利規《とし き》さんやタレントさんもいて、まわりが文学の香りがする人ばかりでした。「ここで書くのか」とやはり気合が入りました。しかも同じテーマで他の方々もコラムを書くという連載でした。初めて『マンスリーよしもと』で書いた時と同じくらいの集中力を注いで書いた記憶があります。

その後二〇〇九年九月、『マンスリーよしもと』が『マンスリーよしもとＰＬＵＳ』としてリニューアルされ、「東京百景」の連載が始まります。

上京してからの、自分にとっての「東京」を書きたいという気持ちがずっとありました。うらやましかったんです。くるりの『東京』（一九九八年）という曲が好きでした。銀杏ＢＯＹＺにも『東京』（二〇〇五年）という曲があります。最近ではきのこ帝国の『東京』（二〇一四年）という曲がとても好きです。好きな人の帰りを待っている歌なんですが、東京出身者が待つのと、地方出身者が待つのではまったく違います。その人しか頼る人がいないんです。

タイトルが『東京』ではなかったとしても、〝東京〟がタイトルに入っていたり、テーマにする曲を多くのミュージシャンが書いています。恐れながらも、その大会に参戦してみたかった。

僕が見た東京の風景と思い出をひとつの表現にしたい気持ちがありました。二〇〇九年に「さよなら絶景雑技団」というライブをやりました。ライブのコンセプトは、舞台上に絶景を現出させる団体というものでした。オープニング、エンディング、コント、すべてにわたって人生の中で何回かしかないスペシャルな絶景を見せる。先程触れましたが、当時『ある風景』という芝居も書いています。風景というものに集中的に意識が傾いていて、文章でも風景と自分について書いてみたいと思っていました。『東京百景』はエッセイではありますが、太宰治の『東京八景』と『富嶽百景』を下敷きにしていますから、短い小説のように読めたという感想も頂きました。太宰から学んだことは多いです。『東京八景』では小説の構造を学びました。「十年間の私の東京生活を、その時々の風景に託して書いてみたいと思っていた」と宣言して書き始め、最終的にはまとまらずに終わっている。書こうとする経過を見せて、それが作品になっている。なるほど、こういうものがあるんだと思いました。

太宰の『懶惰《らんだ》の歌留多』もおもしろい作品です。締め切りがやばい。今日中に書かなければならない、とか書いている。やけくそで歌留多形式で書いていこうと始めるけど、最後すごく雑に終わる。できませんでしたと。時間がないという舞台装置から演出。太宰は何をするかわからない、駄目な自分のキャラクター込みで作品にしている。大作家が急にやり出したら嘘くさいし、わざとらしく見えてしまいますが、太宰ならあり得ることだと読者は思います。そのぐらい太宰のキャラクターは読者にも浸透していたのでしょう。当時の小説家は今の芸人のあり方と近い部分がありますね。『東京八景』は太宰が上京してからの東京での疎外感、その中で触れ合った人の温もりをすごく丁寧に書いています。思い出は尽きない。あの風景も、あの風景も書きたい。まとまらないけど終わります。これが東京だと。

太宰は三十二歳の時、『東京八景』を刊行しました。僕は「東京百景」の連載を二十九歳で始めたので、三十二歳で書き上げ本にしたいという気持ちがありました。そして太宰は八つの東京の風景を選ぼうとしましたが、僕は百の風景を書くことにこだわりました。『マンスリーよしもとPLUS』が二〇一三年四月に休刊となったので、結果的に短い期間に倍以上の文章を書き下ろし、三十二歳で本にすることができました。

小説もお笑いも一緒

二〇一〇年四月に『MAGIC BOYS』という単行本（大久保加津美・編著／柴田ひろあき・写真）が出ます。そこで初めて自分の書いた小説が活字になりました（『夕暮れひとりぼっち』）。本が出るまで時間はかかったのですが、僕が書いたのは二〇〇六年の秋、二十六歳の時でした。

二百人以上のマジシャン達を写真におさめた作品集に小説を書いて欲しいと依頼されました。打ち合わせで写真を見せて頂き、すぐ書くことは浮かびました。初めて一本の小説を書き上げたという達成感を持てたことは良かったと思います。「小説は絶対書けない」という呪縛から逃れることができました。あとはやっぱり編集者の方が僕に声を掛けてくれた、プロの方に依頼されたことがむちゃくちゃ嬉しいことでした。特に仕事がない時に。あなたの大事な本に、誰に書かそうとしているのかと。

ちょうどこの小説を書いていた頃、会社で後輩に会いました。「又吉さん、R－1

ですか？」と言われて、「いや、また別やねんけど。今ちょっと小説書いててな」と答えました。元々ピンでやるなら芸人辞めようと思っていた人間ですから、ピンネタの大会である「R－1ぐらんぷり」には出るつもりはありませんでした。

するとその後輩が「逃げるんですか？」と言いました。彼も全然悪気はなかったと思うんですが。僕はすぐその場でマネージャーに「今からR－1間に合いますかね」と電話をしました。そう言われると芸人の性《さが》として、スベってもいいから出た方がいいのかなと思い、出場を決めました。R－1の一回戦では、『夕暮れひとりぼっち』の冒頭で書いた、かくれんぼのシーンにボケを足して、ひとりコント形式でやりました。二回戦以降は古本屋のシーンをほとんど、小説のまま演じました。その年は準決勝まで進みました。

僕は、小説もお笑いも一緒だと思っていました。小説に捧げているエネルギーは、笑いとしても通用すると思っていました。実際、小説の一部を使ってR－1という枠組みの中で笑いにすることができたのは嬉しかったです。決勝に行けていないのに喜んでいるのは志が低いと怒られるかもしれませんが。

当時は先輩からも後輩からも「文章や小説書いて文化人じゃん」とよく言われていました。でも、お笑いライブへの出演回数は個人で出ているものも含めて僕と相方の綾部が一番多かったんです。少なくとも東京の吉本では断トツでした。テレビに出ていなかったので劇場もオファーしやすかったのでしょう。

だから、自分よりもお笑いをやっている時間が短くてコンパとかバイトばっかりやっている人から「文化人」と揶揄《やゆ》されると複雑な心境でした。僕が彼らを「コンパくん」とか「遅番ちゃん」と呼ぶと角が立つと思うんです。「ガリ勉」とか「文化人」と呼ばれる人やそれに類する人を馬鹿にしていいという社会通念はなんなのでしょう。僕は創造性の高い表現にもっと触れていたいので、そういう人達が生き難い世界は嫌なんです。わざわざ馬鹿にしなくても、他の業種と同じように芸術家の日常にも苦痛は伴うはずですから。そういう幼稚な感覚は破壊したいんです。

芸人という呼称にこだわっているのではありません。たとえ僕の文筆活動が文化人というカテゴリーに属するとしても、「文化人」と誰かが僕を呼ぶ時、そこには僕が日常的に行っている芸人としてのライブ活動などを無効化したいという思惑が潜んでいるような気がしてならないのです。聞いている人の脳内で、「文化人」という言葉は自動的に「芸人の癖に文化人気取り」と変換されてしまいます。なぜなら、そのような文脈でしか芸人を「文化人」と呼ぶことがなかったという歴史があるからです。考えすぎでしょうか。最近、僕のことを最も「文化人」と呼んでくるのは残念ながら相方の綾部です。あかんやん。

文章を書くこと、小説を書くこと、ジャンルを飛び越えてやりたいことをやるのは、すべて芸人の時間以外でやるようにしています。芸人のコップにいつも水が満タンに入った上で、もうひとつのコップで他のことをやるようにしています。ひとつのコップで芸人をやり小説を書いたわけではありません。一日に十五時間お笑いをやったとして、四時間睡眠にあてたとしても、五時間も自由時間があります。その時間でやれるんです。寝なければもっとできますね。

その後二〇一二年まで小説は書いていません。その年、小説誌『別冊文藝春秋』で二編の自伝的短編小説を書きます。『別冊文藝春秋』は西加奈子さんが『円卓』を連載していたので読んでいました。後に『火花』の担当編集をする浅井茉莉子さんと初めて、文学作品の展示即売会である文学フリマの会場でお会いしました。「『別冊文藝春秋』を読んでいる方に初めて会いました」と言われ、やり取りが始まりました。「何か小説を書いてくれませんか」とおっしゃって頂きましたが、「いやいや、僕には無理です」とお断りしていました。その後も何度かお話を頂いて、ようやく決心がつき『そろそろ帰ろかな』と『夕暮れに鼻血』という二編の短編小説を書きました。自分の記憶を辿り、忠実に書いたつもりです。もちろん、いやいや書いたわけではありません。どんなジャンルでもおもしろそうなことは一度は体験してみたい。ただ小説は大好きなジャンルなのでいろいろと考えてしまいました。僕がわざわざ書かなくてもおもしろい作家さんはたくさんいますし、みんなそれを読めばいいと思っていました。簡単に言うと自信がなかったんです。

『別冊文藝春秋』で書いた小説の方が自然で、後に書いた『火花』の方が肩に力が入っていると言われることもありますが、僕にとっては逆でした。今思えば、この時は小説を書こうと思いすぎてナチュラルを装ってしまいました。ここにある僕らしさは作為的な僕らしさです。難しい言葉を使わないように、表現を凝りすぎないように、感情的になりすぎないようにと、おもしろさが欠けようと変な転び方だけはしないでおこうという意識があったのだと思います。読んだ人が文句を言いやすいポイントを意識的に避けてしまったんでしょうね。

『火花』の時は覚悟を持って自分の好きなように、自然に書きました。ただ、作者の意識や情熱と読者の満足度が必ずしも一致するとは限りませんからね。それはわかっているんですけど、それでも、本当におもしろい作品ができる時にはそれ相応の情熱があるものだという幻想は、永遠に持っていたいと思っています。

自分だけが信じている言葉『鈴虫炒飯』

後に『鈴虫炒飯』という本を一緒に作ることになる田中象雨さんには、二〇〇九年に僕のイベントの題字を書いてもらいました。同じ年、田中さんがギャラリーを借りて作品展をやる予定だと聞きました。「他の書道家がやってないようなことをやってみたいから、又吉さん、新しい四字熟語を考えてくれませんか」と言われました。

三十個考えてくれと言われたのですが、また悪い癖で百個ぐらい作ってメールで送りました。ひどいものもたくさんあったと思います。そしたら田中さんが全部書くと言い出したんです。

僕の考えた「突然百点」という四字熟語を、田中さんが書にしたものを見て驚きました。「突然」は普通で、「百」だけを薄い墨で大きく書き、「点」はまた普通に書いていたのです。僕はその時点では田中さんにそれぞれの四字熟語の意味を説明していませんでした。

「突然百点」という言葉は、今までずっと馬鹿にされてきたのに、突然まわりから好評価を得て、自分自身がその「百」を信じられないという意の言葉でした。田中さんは「百」を重々しくおぼろげに書くことによって、不確かな評価に押しつぶされそうになっている自分を完璧に表していました。僕が思ったことを何も伝えていないのに、田中さんは理解してくれたんです。しかも書道はこんなに表現の幅が広いのかと驚きました。

じゃあ心中覚悟じゃないですけど、ギャラリー借りて一緒にやりましょうと。僕は全然お金がない時でしたが十万円ぐらい出しました。会社に話したら、出資はしないけど自腹でやるんだったらいいと言われました。でも入場料は取るなと。

馬鹿でかい作品を展示したり、書道大喜利の映像を流したり、いろいろ考えてけっこう楽しんでいました。一点いくらの値段にしようかと話をして、あまり安く買われたくない気持ちもあったので、百万円をつけました。結局誰も買ってくれませんでした。もちろん赤字でした。

その後、別のギャラリーでもう一度同じ展示をやった時、幻冬舎の編集の方がいらしてくれて、本にしようと言って下さいました。僕と田中さんはけっこう思い入れがあった作品だったんですが、当時はみんなに無視されました。それが本になった。やっと見てもらえるという気持ちでした。二〇一二年十一月に単行本が出て、文庫化された時は『新・四字熟語』と改題されました。

今この本を開くと、懐かしい気持ちと共に、なんかいい感覚しているなと思います。これを作っていた時期以降、けっこうテレビに出られるようになりました。そうすると自分の発言で傷つく人がいるかもしれないと考えすぎて、言葉がマイルドになっている部分もあります。でも『鈴虫炒飯』や『カキフライが無いなら来なかった』、『まさかジープで来るとは』を読むと、僕はその頃けっこう過激なことも言っていたのだと思い出します。劇場で、暗くてキモくて、なんか怖い、愛想が悪いと言われていた自分を思い出します。世間のことは考えず自分だけが信じている言葉。その感覚が大事だなと思います。

作ることでおもしろさがわかった俳句『芸人と俳人』

二〇一二年九月、後に『芸人と俳人』としてまとまる俳人の堀本裕樹《ゆうき》さんとの連載「ササる俳句　笑う俳句」が文芸誌『すばる』で始まります。堀本さんとの出会いは、僕が、堀本さんが出演されている句会ライブイベント「東京マッハ」を個人的に観に行ったことでした。

僕が好きなマンガ、好きな小説は、すべてど真ん中をいこうとするものです。真剣に向き合う事柄に対し、ある瞬間そういったものを恥に感じないくらいの勢いで突き進むもの。そういうものを堀本さんの俳句から感じました。僕がその日の句会で胸を打たれた俳句が、堀本さんの「詩へ螺旋階段のぼりつつ夜寒」という句でした。見たことがない俳句でした。その後この連載で、これが「句またがり」という形式の俳句だということを知ります。

今、書斎として借りているアパートに螺旋階段があります。僕は螺旋階段を登りながら、夜の寒さを感じながら創作活動に向かう。詩に向かう。そんな自分の姿をこの俳句に重ね合わせました。

堀本さんとお話しする中で、俳句を作ることにお誘い頂いたのですが、僕はそれまで自由律俳句しか作ったことがありませんでした。「作るのは無理ですが、堀本さんに習わせて頂くのなら」ということでこの連載が始まりました。

以前自分のラジオ番組に、詩人で小説家の小池昌代さんにご出演頂いた時、「自分の中には詩がない」というお話をしました。いまだにその感覚はあります。なんとなくやることに僕はすごく抵抗があります。詩の韻やリフレインを理解はできるのですが、僕の中にはない気がします。奥の方にあることを期待もしていますが。現代詩と言われるものも読んでいたらおもしろい。言葉にならない感覚みたいなものを言葉を吸収することによってそのまま受け取っている。感動はできるのですが自分が作れるかといったらわかりません。

でも詩は作りたい。小説が言葉の総合格闘技だとは思っています。俳句を始め、俳句の奥深さを知りました。あれだけの短い言葉の中で、どれだけのことを表現できるかと思い知らされました。詩が、なんでもありのルール無用の喧嘩みたいな場なのだと仮定した時、そこに参加できないのは悲しい。本当の言葉の、詩の世界の中に飛び込んでいって自分の思うものをぶつけることができたら、とは思っています。

俳句にはルールがあります。季語があり、五七五に収める。切れ字というものがあった方がいい。それらはすべて僕を苦しめるものだと思っていました。しかし逆に、すべてが俳句を作る上で大きな助けになるものだということがわかりました。そこからすごく俳句がおもしろくなりました。

俳句を作ることによって、他の方が作った俳句を読むのが楽しくなりました。最初僕は「鑑賞の仕方を教えて下さい」と言っていました。作るのは無理だからと。しかし、本当に俳句を鑑賞しようと思ったら作ってみないとわかりませんでした。

僕の場合、小説もそうでした。十八歳の頃、なんとなく書けるだろうと書いてみたけど全然駄目でした。でもそこから俄然読書がおもしろくなりました。

ただ、俳句への目がまだ完全に開いたわけではありません。堀本さんの俳句の解釈を聞いて考えるから僕もなんとなく理解できますが、まだまだわからないことが多いです。俳句はこれからも続けていきたいと思っています。

『火花』執筆の経緯

文藝春秋の浅井さんから、最初は『別冊文藝春秋』で書いた短編の続きを書いて欲しいと言われていました。この二編は主人公の名前が「直樹」で、ほとんど自伝小説でした。記憶のままに書いていきましたし、内容に誤りはあったとしても嘘はほぼありません。でもあの続きを書くには、あまりにその頃の自分の中にあったものが複雑すぎていたので、まだ整理できずにいました。だから今の自分には書けないと思っていました。

そのうち浅井さんが社内で文芸誌『文學界』に異動され、二〇一四年の夏、劇団「マームとジプシー」の方々との食事会に浅井さんからお誘い頂きました。最初は自分が伺うのは申し訳ないとお断りしたのですが、マームとジプシーの舞台を観ていて演出家の藤田貴大さんという才能のある方が現在どんなことを考えているのかを知りたかったのと、女優の青柳いづみさんが放つ得体の知れない存在感に惹かれていたこともあり参加させて頂きました。でも浅井さんが誘ってくれるということは、今日も「小説を書いて下さい」と言われるのかなと少し覚悟はしていました。

一軒目はみんなでご飯を食べてお酒も飲んでいました。次に二軒目に四、五人で飲みに行きました。ああ、今日は小説の話はないんだと少し安心して、「お疲れ様でした」と池袋の駅前のバス停でみんな別れようとしたんです。すると浅井さんのトーンが急に変わって「又吉さん」、あ、ヤバいと思ったら「小説の件なんですけど」と切り出されました。

そこで腹を括りました。編集というお仕事をされている方にそう言って頂いて、このまま帰るのは失礼だと思いました。「じゃあ、三十分だけカラオケボックスでしゃべりましょうか」と。夜中だったので開いているお店もそうはありませんでした。「前の短編小説の続きを今は書けないので、別のものを書きます」とその場で言いました。

「ふたりの人間の関係性みたいなものを書きたい。幼なじみの友達が成長して環境も考え方も変わり、すり合わせようとするけどそこに生じたズレはなかなか埋まらない」というようなことを話したかもしれません。

その方向でいきましょうということになったのですが、後日僕から、「やっぱりあの話ではなく、芸人の先輩と後輩についての話を書きます」と連絡しました。浅井さんは「又吉さんが今一番書きたいものを書いて下さい。それが一番おもしろくなるはずですから」と言って下さいました。

その後、『火花』を実際書き始めたのは二〇一四年九月の半ばでした。そんなに次から次へと書くことはできませんでした。原稿用紙三枚の日があれば、五枚書けた日もあったというくらいです。午後九時、十時にその日の仕事を終え作業部屋に行き、十時、十一時から始めて午前二時、三時まで書きました。朝の五時、六時まで書く日もありました。午前三時まで書くと眠くはなりません。逆にもうバッキバキに目が覚めていました。

そこからひとりで飲みに行きました。いつも行くバーがありました。『火花』を書いていた三ヵ月間は、相方や後輩よりも、そのバーのマスターと一番しゃべっていました。「今日はこれだけ書いた」と日々報告するんです。そのマスターは執筆時の僕の精神の動きなどを全部知っています。

僕は自分の本を献本することはあまりしません。僕みたいなもんが本を持って行ったら失礼かなと思うからです。芸人の先輩にも自ら本を持って行けません。でも『火花』ができた時、そのバーのマスターには「やっと本になりました」と直接渡しに行きました。

浅井さんにも他の出版社の編集の方にも、「小説を書きませんか」と言って頂くことがありました。でも僕がなぜ小説を書く必要があるのか、信じられる言葉が欲しいと思いました。かなり面倒な人間ですね。その折々に浅井さんから頂いた言葉を反芻《はんすう》しながら、「こう言われたんです」ともう一度そのことをマスターに話しました。自己暗示ではないですが、自分が小説を書くというテンションを持続させなければなりませんでした。中学時代に部活で監督から頂いた言葉をしっかりと理解して吸収するため、家に帰って母親に話していたのと同じ行為だと思います。

最初は原稿用紙百枚前後という依頼でしたが、五十枚書いた時に一度お渡しし、「すみません。これ、もっと長くなりますが、いいですか」と言いました。その後は書いたところまでその都度渡していきました。「ここからどうなるんですか」とか聞かれて、「僕もまだわかりません」というやり取りをしたことは覚えています。

書き始める前、後に『火花』の単行本を編集して頂いた文藝春秋の方とお会いしました。その方は『別冊文藝春秋』の短編も読んでくれていて、「又吉さんの文章は読んですぐに頭の中で映像化できる。実はそれはみんながみんなできるものではない。だから普通に書いて下さい」とおっしゃって下さいました。ありがたい言葉でした。

浅井さんに「もう書き始めています」と嘘をつき、本当は一行も書いていないという時期がありまして、そんな時に「明日、いや明後日、これまで書いた十枚だけ送ります」と罪悪感にさいなまれて言ってしまいました。ヤバい。一日で十枚書かなければと、最初はスピード感を出すために読点「、」を使わずに、句点「。」だけで文章を結び、勢いで書きました。冒頭の漫才のシーンです。

一度それを送りましたが、僕の方から「ちょっと実験的すぎるからこれは駄目だと思います。やっぱり書きなおさせて下さい」と伝えました。そこから約二ヵ月半、二〇一四年十二月の頭に、第一稿を書き上げました。

ど真ん中いくものを書きたい

『火花』を書く時、当時シェアをして住んでいた芸人・向井慧《さとし》（パンサー）や児玉智洋（サルゴリラ）のような、普段からそんなに本を読んでいるわけではない人にも読んでもらえるものを書きたいと思いました。

すべての人に伝わるものが最強におもしろいと思っているわけでは決してありません。向井と児玉はよく本を読む方ではないけど、感覚はすごいし、地頭がいい人間です。新しい遊びをする時、僕よりも圧倒的にふたりの方が優秀です。僕でさえ理解できて大好きになった文学を、そんな彼らが理解できないはずはないと思っているんです。ふたりが理解できるかどうかということは僕にとっては重要な問題でした。文学が好きすぎて、他のジャンルには通用しないその場所だけの言葉になってしまったら危険だと思いました。

活字になる前、彼らに全部見せたわけではありませんが、ちょっと難しいかなと思う一部分だけ読んでもらいました。もちろん編集の方のことは信用しているのですが、みなさんむちゃくちゃ本読みだしプロですから、僕が書いた文章を難しいと思うはずがないので。おもしろい感覚を持っているけど本をあまり読んだことのないふたりがどう思うかが、僕にとっては重要だったんです。

もちろん、覚悟を持って自分がおもしろいと思うものを書いていました。でもその覚悟の基準よりもクオリティが下がらないのであれば、より多くの人に読んでもらったほうが良いと思っています。その理想を掲げる上で、向井と児玉は攻略しておきたかった。

『火花』の中で主人公の徳永が先輩芸人の神谷に向かって言います。

「捨てたらあかんもん、絶対に捨てたくないから、ざるの網目細かくしてるんですよ。ほんなら、ざるに無駄なもんも沢山入って来るかもしらんけど、こんなもん僕だって、いつでも捨てられるんですよ。捨てられることだけを誇らんといて下さいよ」

しかし、僕にはもうひとつ、神谷に近い視点もあります。おもしろいものはおもしろい。別に誰にわからなくてもいい。その一方で、じゃあ誰にわからなくてもいいものを売っていいんかな、とも思う。自分の性癖暴露大会やないねんから、自分だけ興奮すんなよと同業者目線では思います。ただ、話が複雑になるんですが、観客としての僕は、誰かの性癖暴露大会にも足を運ぶタイプの客なんです。誰かに伝えようなんて思わなくていいから、「作り手が一番興奮するものを見せてくれ」それで自分も興奮したいと思う。作る側と受ける側で立ち位置が変わるとスタンスも変わってしまうんです。

ちょっとややこしくなってきましたが、散々好きな表現やっておいて、それで「売れない」とかは言わんといて欲しいと思います。一番気持ちいいことしてるんやから、「売りたい」というなら、最善を尽くして欲しい。「やろうと思ったら誰にも媚びないものなんかできる」なんてダサいことを徳永には言って欲しくないんですよ。「やろうと思ったらできるけどそれでは世に出られないからみんながわかる言葉でやっている」なんて、軽いこともダサいから言うなよと。それも本気でやる時は、歯茎から血出るくらい歯食いしばらんとできませんから。

神谷に対しては、本当におもしろいことだけを追求するというスタンスでいて欲しい。そのふたりをぶつけたらどうなるんだろうと思いながら、自分でも答えはわからずに書いていました。

こういう話題になった時、たいてい両者が逃げます。みんなが喜ぶものに落とし込む必要があるという言い方をする人。そして、ファンサービスみたいな商品を作れないくせにそんなものは軟派だ、俺は俺の道を行くと言っている人。徳永と神谷には逃げて欲しくありませんでした。どちらも言い訳に聞こえるんです。両方やったらいいやんと思うんです。

僕は、そのどちらかに近いことを言ってしまって家に帰る時、ひとりになると胸がざわつくんです。赤面するんです。だから僕も逃げずに書こうと思いました。そして、徳永と神谷の喧嘩に耳を傾けているうちに、僕は彼らよりも芸歴が長いですから両者の気持ちがわかるのですが、こいつらになんて言うてあげたらいいんやろうかと考えていました。ほんで、「言い訳なしで両方やろうや」と言ってやりたいと思った。クオリティを保ったまま、多くの人に読んでもらう小説とはどんなものなのでしょうか。

僕は読者として、古井由吉さんの小説は最高におもしろいと思っているし、誰が読んでいようがいまいが、町田康さんの小説が、中村文則さんの小説が、西加奈子さんの小説が好きなんです。世の中のランキング一位が僕の一位ではない。一番売れた本が僕の一番好きではない。

僕は僕の好きな小説を、みんなが読んで、一緒に夢中になれたらいいなと思っています。一方で、これが売れなかったらおかしいだろともまったく思いません。僕はおもしろいと思うものが読めて幸せだし、今後も読み続けていきたいので、素晴らしい才能の作家さん達が自分の創作活動に手応えを感じて頂けるように、読者として「これはおもしろいのだ」と全力で言い続けたいというスタンスです。

しかし自分が作る時はどうか。芸人の性かもしれませんがやっぱりスベるのが嫌です。読んだ人におもしろかったと言ってもらいたいと思う。もちろん、僕がお名前を挙げた尊敬する方々の小説は多くの方に読まれています。最高の評価を得ています。刺激的でおもしろい内容のものをど真ん中で書いていらっしゃいますから、なんの問題もありません。しかし仮に、この尊敬している作家さん達を急に誰も読まなくなったとしても、おもしろいのだからどうかずっとこのままこれをやり続けて下さいと心から思えるんです。

でも自分がやる方になると、なんかせこいのかもしれませんが、客が笑っていなかったら嫌なんです。せっかく金出して読んでくれたのにとか考えてしまう。だからクオリティを一切落とさず笑わせなければと思います。ど真ん中をいくものを書きたい。そういつも思っています。

『火花』を書いた動機

『火花』は細かくプロットを立てたわけではないのですが、後からなぜこのような話になったのかと聞かれた時に理由を自分なりに考えてみると、いくつか動機はあったのかなと思いました。そのひとつは芸人を辞めた後輩から聞いた話でした。彼は芸人を辞めたことに後ろめたさを感じながら今の仕事をしていると言いました。その言葉については自分なりに長い時間をかけて考えました。

芸人を続けている方は続けている方がいいと思わないとやっていられませんが、その気持ちのまま別の職業に進むのは辛すぎると思いました。僕のまわりにも芸人で食えていない後輩はたくさんいます。そんな食えない後輩より辞めた人の方が賢いとも思わないけど、辞めた人が辞めずに食えない後輩より根性ないとも思いません。

売れている芸人だけは頑張ったから売れた。売れるためには頑張らなければならない。そう言われることがありますが、いや、そもそもみんな頑張ってんちゃうの？と思うんです。芸人といえば女遊びして適当に生きているという古い考えもあれば、策略を考え努力をした人間から順番に売れてゆくなんてことも言われます。でもそんなものにひとつも正解はないと思ったのです。

『火花』にはどうやったら売れるかということは書いていません。そもそも僕自身そんな方法は知りません。これだけ頑張ったから売れたとも書いてないし、こんなアホなことをしていたから売れなかったとも書いていません。若手芸人の世界の空気感だけを書きました。その時売れない芸人が何を考えながら生きていたか。それに良い悪いはない。

芸人が頑張っているところを見せない方がいいんじゃないかという意見があります。

『火花』の中で神谷は言います。

「笑われたらあかん、笑わさなあかん。って凄く格好良い言葉やけど、あれ楽屋から洩れたらあかん言葉やったな」

僕ら芸人はけっこうその言葉に縛られています。笑われたらあかん。笑わさなあかん。でも本来は笑われても良かったんじゃないかと思うんです。お笑いはあくまでも現象であって、おもしろいことが起こったらみんな笑います。でもそのおもしろさは笑われたものなのか、笑わせたものなのか。その時、僕達の念頭にはずっと笑かさないといけないという気持ちがありました。

『火花』では芸人は実は切実な生き物であることを書いています。ここまで書いていいのかと僕自身思いました。劇場に足を運んで下さるお客さんが楽しみにくくなるんじゃないかとか。それでも、笑われてもいいと思っている僕でさえ、ここまでなめられる筋合いもないとも思っています。

芸人は楽して金稼いで、薄っぺらで浮かれているからすぐ消えていくんだクズどもが。そんな憎悪の対象になっていることも感じていました。前世で芸人に殺された経験があるんですかね。さすがに、そこまで言われる筋合いはないし、それはまったく違う理解です。この時代の「芸人」がいつか事典で説明された時、すごく間違った解釈で説明される可能性があるんじゃないかと不安になるほどです。

芸人があんなに頑張っていることをわからせる必要がなかったと言う人がいたら、それは売れている人か愛されている人の言葉です。芸人は適当に暮らしているという認識の上で、馬鹿にされていたとしても、愛されていたり、笑われているならいいと思うんですよ。だけど現状はそうではない。売れていない人間からしたら、むちゃくちゃ誤解されて、昔の芸人はすごかったとか聞かされて、クズみたいな扱いを受けて、笑われもせず、なぜか憎悪の対象になってしまう時さえある。もちろん「そんな現状を理解して欲しい」なんてことを書きたかったわけではなかったのですが、僕がたまたまそういう時期が長くて現実を目の当たりにしてきたので、その目線は外せなかった。その最も濃い視点を外して観察者に徹することができたら、また違う作品が書けたと思います。それが、おもしろいかどうかはわかりませんが。

事件にはならなかった

小説でもエッセイでも、本が好きな人間として、いい本に出会った時の喜びは例えようもない素晴らしい瞬間です。お笑いが好きだった中学校、高校時代を思い返してみても、おもしろいネタを観ることができた時は本当に幸せでした。

芸人にとって、この人のネタおもしろいと思われたいというのは当たり前の欲求です。本を作る時も同じです。自分が書くものがおもしろくないんだったら出版するなよ、と自分でも思います。お金を出して買ってもらう限り、やっぱりおもしろいと思われたい。もしくは事件を起こしたい。別にそれは暴言を吐いたり、社会的なことを言うということではなく、あれは一体なんだったのだろうと、後からみんなの話題になるようなものを作りたいと思います。なんとなく、おもしろかったけど記憶に残らないのはさみしいんです。『火花』を書き終えた時に、これは議論になるんじゃないかと思いました。でもまったくなりませんでした。僕が思っていた議論には。

創作についての考え方や、「神谷はただのアホや」とか、「徳永は間違っている」とか、俺はこう思うという議論になるのではという期待がありました。審査員について書くことも少し勇気がいりました。小説の中で僕が生み出したキャラクターの発言だったとしても、「若手芸人がそんなことを言っていいのか。無礼じゃないか」などの反論があると思っていました。女性についても若い男の一方的な視点で書いています。そして芸人の彼らはそもそもなんでこんなに金がないのか。エンタテインメントの下積みの人間は稼ぐことができないのか。誰に何を言われるのだろう？　怒られるんじゃないか？　いきなり師匠とかに殴られるんじゃないか？　そう思ってドキドキしていました。でも誰にも怒られませんでした。

「事件」としては、芸人が小説を書いた。それが純文学で文芸誌『文學界』に載った、そして芥川賞を受賞した、ということについてでした。芸人が純文学を書いたということに興味を持って読んで下さった読者のみなさんには感謝しています。情熱的な感想もたくさん頂きました。そのような一部の反応は本当に嬉しかった。それらは別として、なんかガッカリじゃないですけど、ひとつの側面ばかりが語られるんだなと思いました。

作家、書評家、文芸評論家、他にも少数のおもしろいライターは真剣に内容について論じてくれました。褒められたら嬉しいですよね。でも厳しい意見もたくさんありました。そのような意見があるのは当然であり健全なことです。そのうちの半分に対しては「それは全然違う」とか「これくらいの人がクビにならず誌面が与えられているのはなぜだろう」とか思いましたし、残りの半分に対しては「言われてみると確かにそうだ」とか「なるほど」と指摘されたように書いてみたらおもしろい小説になるかも……でも、それってもう別の作品やん」などと思いました。自分が書いたものをボロクソに言われて嬉しいはずがないんです。

ただ、これはまだ幸福な環境下での不満です。サッカーの試合中に相手選手から受ける正当なタックルに対する怒りや、監督に叱責された時の微妙な感覚に似ています。より自分のプレーの質を向上させるための怒りや感覚なんです。言い方が荒かったり、あきらかな悪意が感じられたらまた話は変わってきますけどね。それでも、小説として扱ってくれているものは否定的な意見も含めて恵まれていると感じていました。哀しいというか、悔しいのは読まれもせずに小説として扱ってもらえない時です。

文学史を振り返ってみても、太宰治の『人間失格』にしろ『斜陽』にしろ、その時代を象徴する文学的事件があったと思います。石原慎太郎さんの『太陽の季節』、庄司薫さんの『赤頭巾ちゃん気をつけて』、村上龍さんの『限りなく透明に近いブルー』、村上春樹さんの『風の歌を聴け』、そして『ノルウェイの森』。上の世代が新しい作品を否定し、同世代より下の世代がその作品を支持する。お笑いでも明石家さんまさんも、ダウンタウンさんもみんなそうだったと思うんです。時代を作ってきた作品は、全部上に叩かれ、若者に支持されてきた。映画も演劇も似たようなことがあったんじゃないですか。偉い人達に褒められに行く作品ではなく、表現は悪いですがジジイに怒られる作品を作らないといけないという意識はずっとありました。

こんなことを自分で言うと恥ずかしいのですが、僕はそれがやりたかった。『文學界』掲載時に自分では想像していなかったほど話題にして頂きましたが、そのほとんどが「話題作り」とか「落ち目の芸人に頼るほど文学の世界は切迫しているのか？」など作品とは直接関係のないものばかりでした。ネットニュースでも罵詈《ばり》雑言の嵐で、もう見るのもやめました。

情熱とか関係ないんやなとか思いながら、まあ実際に消費者からすれば関係ないのかもしれませんが、いろいろひとりで考えて飲んだくれて家に帰ったら、僕の性格を知り尽くしている友人が「これを読め」と、あるネットの記事を教えてくれました。それは『火花』を小説として扱ってくれている内容でした。しかも、そんな早い段階でまわりと答え合わせもせずに文章を抜き出したり意図を汲んでくれていたり、これだけ読める人だったら欠点もかなり見えてるはずなのですが、褒めてくれていたんです。褒めてくれたから嬉しいというのは当然なんですが、「みんな、鼻息荒くしてんと一回落ち着いて小説として扱ったろうや」というメッセージが伝わってきました。先にも述べた通り、作品を酷評されるのは仕方ないんですが、読まずに文句を言われるのはきついもんです。そんな状況でくさびを打って下さった。酔うていたとはいえ、ホームページに「今夜、あなたのおかげで生き延びれます」とメッセージ送ってしまいました。かなり気持ち悪かったと思いますよ。

そんな救いもあって、少しずつ世間でも内容を語ってもらえるようになったのですが、僕が大人に怒られるかもとドキドキしながら待ち望んでいたような内容についての論争は一切起こらなかった。作品の中にある年配の方に対する挑発的な視点、それはたぶん僕が根本で持っているものです。今の僕は三十五歳のおっさんですけど登場人物達は二十代です。

でも全然そうはならなかった。むしろ年配の方が「わかる。俺の若い頃と同じだ」と言ってくれました。嬉しいけどイメージとは違ったんです。それは『火花』が、議論を巻き起こすほどの沸点を持つ作品ではなかっただけのことなんだと思います。僕は新時代の先頭ではなく、残念ながら前時代の最後方なのかもしれません。僕の書いたものに責任があるということです。

僕は線香花火時代からずっと、大人が理解できなくて怒り出すような、新しい価値観を発見したり発掘しなければならないと思いライブをやったり、文章を書いてきました。残念ながら才能の問題で上手くはいきませんでしたが、当時の相方の原ともいつもそんな話をしていました。それが一般的な若者の健全な思考だと信じてきました。原が『火花』を読んで連絡をくれました。「お前、あれじゃあ事件にならんやろ」と言われました。「俺は小説としておもしろいと思ったけど、みんなが嫌悪感を示すような内容じゃない」と。僕が持っている人間性みたいなものが、そこまで人に喧嘩を売ったり拒絶させるような強さを持っていないのかもしれませんね。仲良い方が楽しいですし。でも、それじゃあ駄目なんですよ。

一方で、中村文則さんの『教団X』（二〇一四年十二月）は、現代を代表する小説だと思うんです。でも、いや、あの内容でなぜ議論が巻き起こらないのかと思います。あんなに時代の核心をついた、時代を背負った作品はないと思うんです。

文学というジャンルそのものに、やっぱり力がなくなったのかと思う気持ちもあります。おもしろい小説はたくさんあるのでレベルが下がったとはまったく思いませんが、文学が時代を象徴するものではなくなってしまった可能性はあります。それはやっぱり取り戻して頂きたいですよね。テレビもそうですし映画も演劇も、自分達のジャンルこそが時代を象徴するジャンルだと、瞬間最大風速が吹いている場所だとそれぞれが信じていてもらいたいです。

あえて言いますが緊張感なさすぎますよね。数少ない貴重なテレビや雑誌で本を紹介する立場を得ている人が、「『火花』なんかよりこちらの方が！」というような推薦の仕方を平気でしている。どこからお客さん確保しようと思ってんの？　と疑問に思うんです。同じジャンルから取り合ってどないすんねんやろ。えらい楽な仕事してはるなと思うんです。視野が狭い。そんくらいの志なら他の人に譲った方がいい。新規で開拓する気概がないなら、酒飲みながら出版不況を嘆いたりするのやめてなと思うんです。

僕は芸人になった一年目からライブする時、「お母さんとかバイト先の店長とか呼ぶなよ！」と同期の芸人に言っていました。チケット売れなかったら買い取りになるから、みんなすぐに楽して身内を呼ぶんですよ。三年目くらいになるとお客さんが少しずつついてくれます。毎日来てくれるお客さんに感謝はしていますが、そこに依存して百人くらいのお客さんを十組くらいの芸人で何ヵ月も取り合っていたら、それはもう百二十人くらいの大家族なんです。世間からズレた独自の笑いの進化を遂げて、「おもんない」が「おもしろい」になってしまったりするんです。もはや進化ではないですよね。しかも、同じお客さんを取り合っているだけだから永遠に会場のキャパを拡げることができない。それでいて、飲み屋で「もっと広い劇場でやりてえな」とか言う。できるわけないやん。自分達がさぼってるんやから。そういうライブはしっかりと淘汰されて終わっていきましたし、スターを生むことはできませんでした。一部を除いてそんな状況と似た、かなりぬるいことが文芸の世界でも起こっているように感じています。

そんなことを本気で考えている時点で僕は時代錯誤の人間なのかもしれません。そういえば、芸人の世界に入りたての頃も「熱いね」とか「真面目だね」と馬鹿にされたことがありました。別に馬鹿にしてくれていいんですが、劇場にお客さんが来てくれた方が芸人もテンション上がりますし、読者が多い方が作家もテンション上がると思うんです。人がいないお祭りに行ってもおもんないですよね。言いたいことはネットで発信して、新しい表現は限られた場所で観たい人に向けてやればいいことになってしまったのでしょうか。なんか、もっと多くの人を巻き込んでおもしろくできると思うんです。

そう考えると、必ずしも大きな事件が必要ということではないのかもしれません。お祭りという発想でもいいのかもしれない。「文芸の世界では、今お祭りが開催されてますよ！　楽しいよ！」とお伝えすればいい。お客さんさえ来てもらえたら、優良な出店の数は多いはずです。でも、祭りの関係者がみんなカッコつけやから、「この祭りヤンキー多いで」とか「ぼったくりの店あるで」みたいに来たことのない人をビビらせてしまうから、みんな「やめとこうかな」って躊躇《ちゅうちょ》するんですよ。しかも、カツアゲやぼったくりに遭った被害者をわざわざ捕まえて「お前らは祭りの楽しみ方がわかっていない」とか言って無理やり帰らすでしょ。その行為の意図はなんなん？ぼったくりに遭っている少年がいたら「こっちの店もおもしろいよ」と言って他の店で楽しませて、総合的に見たらお祭りって楽しいと思わせないといけませんよ。そう思った頃には、最初の店は実は高かったと自分で気づくはずですから。

第3章

なぜ本を読むのか——本の魅力

感覚の確認と発見

この章では、なぜ本を読むのか、そして本の魅力についてあらゆる角度から自分なりに考えてみたいと思います。

僕が本を読んでいて、おもしろいなあ、この瞬間だなあと思うのは、普段からなんとなく感じている細かい感覚や自分の中で曖昧模糊《あいまいもこ》としていた感情を、文章で的確に表現された時です。自分の感覚の確認。つまり共感です。

わかっていることをわかっている言葉で書かれていても、あまり共感はしません。言葉にできないであろう複雑な感情が明確に描写された時、「うわ、これや！」と思うんです。正確には「これやったんや」と思っているのかもしれません。自分の心の中で散らかっていた感情を整理できる。複雑でどうしようもなかった感情や感覚を、形の合う言葉という箱に一旦しまうことができるのです。

お笑いにも「あるある」という共感の笑いがあります。あるあるは文学の共感とは違い安堵《あんど》感の笑いですが、あるあるでウケるネタも誰もがわかっていることではなく、

「そういえばそうだ」とか「そうかもしれない」というポイントです。僕が本を読んで共感できるところも、まったく同じ経験をしたわけではないけれど、「あの時の自分の感覚と近い」というものが多いんです。

芥川龍之介の『トロッコ』を読んだ時も状況は違うのに、かつて似たような恐怖を自分も感じたことを思い出しました。太宰治の『人間失格』を読んだ時も共感する部分が多かった。本を読むことによって感覚を確認できるんです。

本を読んで一番好きなのがこの感覚の確認――共感の部分です。それに加えて本の魅力のもうひとつに感覚の発見というものがあると思います。本を読むことによって、これまで自分が持っていなかった新しい感覚が発見できることです。

例えば中高生の頃、本の中で不倫がテーマとして描かれていたら、もちろん自分には経験がないけど、主人公がどんな判断、言動をするのか、それを知ることも感覚の発見のひとつです。もしくは、自分が経験でき得る状況にあることが描かれている場合でも、「え、そこでそうするんだ」「なるほど、その手があったか」というのも感覚の発見だと思います。つまり、ある種の裏切りであり、それにより衝撃は一層大きなものになります。

『火花』の中で「共感至上主義の奴達って気持ち悪いやん？」と書きました。本の話題になると、「私は共感できなかった」という人がけっこういます。いや、あなたの世界が完成形であって、そこからはみ出したものは全部許せないというそのスタンスってなんだろうと思うんです。あなたも僕も途上だし、未完成の人間でしょう。それをなぜ「共感できない」というキラーワードで決めつけてしまうのか。「共感できない」という言葉でその作品を規定しない方がいいと思うんです。むしろわからないことの方が、自分の幅を広げる可能性があります。

それに加えて、主人公の人格がすごく重要視されることが多いように思います。主人公がちゃんとした人間でないといけない、おかしいやつは許さないという。小説の主人公自体も世の中の共感至上主義に侵されなければならないのでしょうか。

自分の感覚にはまるものがおもしろい、それ以外はおもしろくないというように読んでいくと、読書本来のおもしろさは半減してしまうと思います。読書のおもしろいところは、主人公が自分とは違う選択をすることを経験できることや、今まで自分が信じて疑わなかったようなことが、本の中で批判されたり否定されたりすることにあると思います。

言い換えれば読書によって今までなかった視点が自分の中に増えるということです。本に書かれていることがすべて正しいわけではないので、否定された自分の考えがなぜ否定されたのか、どのように否定されたのかを知り、それについて自分で考えを改めたり、いやそれは違うと反論したりすることによってさらに視点は増えていきます。

アルベール・カミュというフランスの小説家の『異邦人』という作品があります。主人公は「太陽がまぶしかったから」と言って人を殺します。そんなもの、実世界において了解できるわけがありません。でも、「どういうことなんだろう」とか「そんなものなのかな」とか「そういうこともあるかもな」と思いながら読み、考えるわけです。殺人に共感する必要はないけど、考える。その上で主人公の気持ちに何か自分にも当てはまる部分があるかもしれない。ないかもしれない。本を読みながら主人公が置かれている状況や心境を想像してみる。それは自分にもうひとつの視点を持たせてくれることになるし、思考の幅を広げることになります。

人間は完全ではありません。完全でありすぎるとしんどいかもしれません。自分に自信を持つことはいいことですが、自分がわからないものを否定し遠ざけ、理解できること、好きなことだけに囲まれることは危険です。わからないものを否定して拒絶を続けるなら、その先は争いしか生まれないと思います。自分と考えの違う人間や文化をも拒絶することになってしまう。それは本当につまらないことだと思うんです。すべてに共感するのではなく、わからないことを拒絶するのではなく、わからないものを一旦受け入れて自分なりに考えてみる。

本を読んで共感するということは、間違いなく読書の中で重要でおもしろい部分です。でもそれが本のおもしろさの半分。残りの半分は新しい感覚の発見だと思います。

家事で言うと、共感に感覚を整理する便利な箱のような役割があるのだとしたら、発見には新しい電化製品を購入した時のような快感があります。家事が楽になると嬉しいですよね。読書で得た発見によって思考速度が上がることは珍しいことではありません。僕やみなさんが普段使っている道徳や考え方というのは現代の世の中に普及しているシェア率ナンバーワンの洗濯機にすぎないのかもしれません。みんな使っているし、説明書を読まなくてもだいたいわかるし、なじみもあるしということに溺れているだけかもしれません。新型でもっと性能の優れた洗濯機があるかもしれない。部分汚れを落とすなら過去に主流だった手洗いの方が強いかもしれない。何が正しいかなんて実際に検証してみないとわかりません。「私には共感できませんでした」は、シェア率ナンバーワンの商品を使っている人達の「絶対にこれが一番良いに決まっている」と似ています。それですべての汚れが落ちるとは限りません。

すみません。途中から電化製品に喩えるのが気持ち良くなってしまっていました。感覚の確認と発見の両方があり、それがせめぎ合っている本が僕は好きです。読者である僕達がそれを意識して楽しもうと思うことによって、読書はさらにおもしろいものになってゆくと思います。

小説の役割のひとつ

人を殺してはいけないということは誰もがわかっていることです。人を裏切ったらいけないということもみんなが知っています。

でも、過ちを犯した人間が全員おかしくて、病気だと言ってしまうのは、果たしてその過ちを防ぐための対策になるのかと思うのです。それをやってはいけない、だけでは根本的な対策にはなりません。過ちという結果に至るまでの過程を見なければ、考えは深まらないのではないかと思います。過ちを犯すつもりがなかった人間が過ちを犯す。その過ちを犯さざるを得なかった状況に至る道筋を知らなければなりません。それを知ることができるのが小説の役割のひとつだと思っています。

少年少女が夜遊びをして犯罪に巻き込まれる事件が起こります。すると、そんな時間まで子供を外に出している親に世間の批判が向かいます。

でも多かれ少なかれ誰もが一度はそんな夜があったのではないかと思います。家では解消できないどうしようもない悩みがあり、外に飛び出すことにより解消されたり改善できたりすることが。親ではどうしても駄目で、友達と夜通ししゃべって自分の中で何かを解決したことがやっぱりあったと思うんです。犯罪にあったのはその一日だけだったのかもしれません。その一日をなくすために毎日をなしにした方が良かったのか。

僕みたいなもんが、芸人としてテレビに出してもらえて、小説を書き多くの人に読んでもらうことが一度はできた。もちろん、この先どうなるのかなんてわかりません。でも、僕が子供の頃そういう夜が一日もなかったとしたら、果たして芸人になれたのか。今こうして息を吸うことができていたのか。

決して夜遊びを肯定しているわけではありません。視点の問題です。やはり子供を夜外出させない方法もあったのかもしれない。でもご両親が遅くまで働いていたらどうなるんでしょう。毎日、完全に取り締まることは難しいんじゃないでしょうか。それに、例外として夜の街に出るよりも家にいることで自分の身に危険が迫るというような状況も実際にはありますよね。ひとつの角度から物事を見て「絶対」という状況を作るのは実は難しい。だから、もっと広い視野で考える必要があるんです。簡単に答えを出さずに可能性を探るのです。夜外に出て、昼とは全然違う街を自分の目で見るという経験も大切なんじゃないか。いろいろな考え方があっていいのに、夜子供を外に出した親が悪いという一点に批判が集中する。

それぞれの人がいろいろな考えを持っていていい。小説を読むとやはり視点は増えると思います。同じ人間が書いた物語の中に、全然考えの違うふたりが出てきてぶつかるわけです。書いている人にも複数の視点があり、読むことによりその視点はさらに増える。

だから、シンプルな「共感しました」が怖いです。共感できるものしか応援しない。一度は疑ってみてもいいかもしれません。それでも対抗できない意見であれば、また別の角度から言葉をぶつけてみる。それを繰り返せばどんどん考えは強くなります。ひとつの物語の中でそういうことをやっている小説はたくさんあります。その物語を読むことは、ひとつの言葉を知るより、実際に、直接役に立ちます。

悩むことは大切です。正解、不正解だけではなく、どうしようもない状況というのが存在することを知って欲しい。世界は白と黒の二色ではなくグラデーションです。二択ではありません。二次元ですらありません。それを表現するために言葉があり、文学があります。

十年に一度みたいな、即効く本もあります。一方でそういう本に出会うために読んでいく過程で通りすぎた本もゆっくりと効いてきます。読み返した時にまた別の部分が響くこともあります。本には捨てるところがありません。

本はまた戻ればいい

本を読み、他人の人生や判断を知ることができるのは大きいと思います。雑誌や何かで悩み相談を読むと、その答えは誰かがもっとちゃんと書いていたなあと思うことがあります。Ａが千六百字で出した答えを、本を読んでいるＢは八百字でそれは誰々がこう適確に書いていたと言い、残りの八百字でさらに自分の論を展開することができる。本を読んでいればそこからスタートできる。これはかなり大きなことだと思います。

文化は継承していけばいい。すべてをゼロから始める必要はない。先人達や他人の考えや経験を自分のものにする。読書によって知識、思考、視点を増やしながら、自分の人生と照らし合わせ実感を持ち、自分の考えを深めてゆくことができる。自力でパソコンを発明しようと思ったら、それだけで人生終わってしまいます。それまでの文化を継承しながら自分なりの考えを深めていきたいですね。

本の業界だけでなく様々な分野の人、例えばファッションの業界の人が本を読んだらどうなるんだろうなと思うんです。それはそれでおもしろい化学反応が起こりそうな気がします。ファッション業界の人達は本や言葉とは違う経験を積んで服を作っています。昔と今のトレンドを組み合わせながら思考しているでしょうし、服は形が決まっている人間が着るものでそこから大きく外れることはできない中でやっています。そういう環境で試行錯誤している人が、例えば本を読んでどう思うのか、作り出す服にどんな作用がもたらされるのかということには興味があります。

同じ分野で同じ能力を持っていても、本を読んでいるのと読んでいないのとでは、下見に行っているか行っていないかという違いがあります。

『ゲーテ格言集』というゲーテの全著作の中から選ばれた格言集を読んだ時、もうこの人ほとんど全部言っているなあと思いました。これもあれも全部ゲーテは言ってしまっている。「人は子どもを大目に見るように、老人を大目に見る」と書いてある。本当にそうだなと思います。「きょうできないようなら、あすもだめです。一日だって、むだに過ごしてはいけません」とか、そんな身近なことまで言っている。全小中学生が親に言われるようなことです。こんな基本的なことを二百年前の人が言っている。ある意味、二百年前から人間の引っかかるポイントは変わらないのかもしれないという絶望的な見方もできます。

本の主人公がこのように行動し判断し上手くいったからといって、僕達読者が同じことをしても上手くいかないかもしれないし、同じことをする必要はないと思います。ひとつの視点を持てるかどうかということです。

だから本を好きな人以外にも本は読んでもらいたいと思うんです。本は一回で理解できる人達だけのためのものではありません。再読が許されています。一度買ったら何度も読めるというのが本のすごく良いところだと思います。僕自身一回読んだだけじゃわからないんです。僕、趣味は読書と公言していますからたまに賢いと勘違いされるんですが、アホなんです。一回読んでなんとなく話を理解できても、もう一回読んだら全然違う話だと思うことすらあります。本はまた戻ればいいのです。

読んでみたけどわからない本があった。でも他の本を百冊読んで、もう一度わからなかった本を読んだらまったく別の本のように読めた経験が僕にはあります。

夏目漱石の『それから』がまさにそうでした。僕は漱石を最初に『こころ』から読みました。それがおもしろくて、他の作品を読んでいく中で『それから』を読もうとしました。でも難しくて読めなくて、途中であきらめたんです。その後漱石の『坊っちゃん』や『吾輩は猫である』、他の近代文学をいろいろ読んだ後に改めて、そろそろ読めるかなという気持ちでもう一度『それから』を読みました。そしたら、めちゃくちゃおもしろかったんです。

このことが僕の読書体験としてすごく大きなものになりました。本をおもしろく読めないのは自分の責任ではないのでしょうか。

最初に読んだ『それから』は文字がすごく小さく感じた。言い回しも難しいし、これは最後まで読むのしんどいなあと思っていたのですが、他の本を百冊ほど読んで戻ってきた時、全然文字が小さくなかった。本に慣れたのでしょう。近代文学の言い回しや表現に慣れた。理解できることが嬉しい。「おお、読めるぞ！」と興奮しました。そしてどんどん自分の中に言葉が入ってきた。情景が浮かんできました。

読書はこういうことがあるんだと思いました。そんな経験が一度あったので、もう本のせいにはできなくなりました。わからないことはおもしろくないことではないんです。簡単なことを難しくしたり複雑にする必要はないですが、複雑なことを簡単にして理解するよりも複雑なことを複雑なまま理解できた時の方がよりおもしろいと僕は思っています。

「簡単なことを複雑にするな」「複雑なことは簡単にしろ」と当たり前のように言われていますが、それでは複雑なものがかわいそうですよ。あらゆるパターンのおもしろいものがあっていい。複雑で難しい本に出会った時、僕は辞書をひきながら何度も読みます。正しく読めているかなんてわからないですが、そういう読書も楽しいです。本は一度買えば繰り返し読める。しかも再読の方がおもしろかったりする。お得です。

本をどう読むか

僕は本を楽しみたいという気持ちで、わくわくしながら開きます。少なくとも「この本、全然おもしろくなかった」と僕が誇らしげに言うことはありません。自分がおもしろさをわからなかっただけじゃないかと思うんです。自分が楽しみ方を間違えたのではないかと。

自転車に一度では乗れなかった僕が、何回も練習して自在に乗れるようになった。あの時の快感が忘れられません。だから、自分の才能を棚にあげて適当な発言はできない。どうせ読むなら、楽しむという指標において、本＋自分の読み方の総合点では誰にも負けたくないです。誰よりもおもしろく読みたい。

どれだけ腹が減っていても不味い飯は存在します。それでも、どんな店に行っても「不味い、不味い」と口癖のように言っている人に腹立ちませんか。そんなに、自分が好きな店を見つけられないものかなと思います。好きな店の気配を嗅ぎわける嗅覚が育たないものかなと思うんです。お前は何回同じ過ちを繰り返せば気が済むのかと。

読書も同じで、徹底的に否定して批判して溜飲を下げるというスタイルをとっている人や、名作と呼ばれるものをこき下ろすことによって個性を出したい人もいて、それが気持ち良いならそれでいいんですけど。評論家じゃなくて、趣味の読書なら楽しんだ方が得だし自分のためにも良いと思うんです。

なんでもかんでも「すべて最高！」というようなことではないですよ。自分の好みもありますし、やっぱり本にも個人個人にとっての優劣はあると思っています。

だから批評があるのも当然ですよね。それは文学が進化するために、腐敗させないために必要なものだと思います。ただ、最初から批判的に読もうとする人間には虫唾が走ります。見当外れの意地悪な読み方をする人間は、本来その本が持っている能力を封じ込める作業をしているようにも見えますし、読書を楽しみたい僕にとっては有害だから嫌いです。

「あくまでも人の意見は参考程度に、あとは自分の判断だから」と主張する人もいるかもしれませんが、人が情報に流され、環境の影響を受けるのは普通のことです。その土地に詳しい人から「あそこは危険な場所」と教えられたのに、「いや、僕は自分の目で確かめます」と言ってわざわざ現場まで足を運ぶ人は少ない。そうするのは、冒険家か余程の物好きだけです。読書で言うと、作家や批評家と読書家と呼ばれる人くらいです。まわりの評価と関係のないところでおもしろい作品を自力で発見した経験のある人だけなんです。

地元の人に怖いと教えられた場所に何か理由があって行かなくてはいけない時、教えられなかった場合と比べてずっと怖くないですか？　たとえ眺望が綺麗な場所でも「なんか幽霊とか出るんちゃうか？」という疑念が頭に残りませんか？　それも読書には邪魔な要素です。人の情報には大きな影響力があります。情報を求める人間は、自分の知識の外から新たな風が欲しいと願う人が多いですよね。自分の感覚との比較で読む人は少ない。そして情報を出す人は自分で詳しいと思っていたり、まわりからそう思われている人ですよね。だから少々、無茶なことを言っても信用されてしまうことが多い。

人が情報に流されやすいということを頭の片隅に置いて、できるだけ自分の価値観で読むことをお薦めします。「この本のここがおもしろい」という情報は除外せずに楽しく読むための薬味として利用すれば良いと思います。もちろん、誰からの影響も受けずにそのまま鑑賞したければ忘れてもいい。良い情報だけ入れて公正じゃないと思うかもしれませんが、飯は美味く食べればいいですよね。不味く食べるための努力は不要です。

美食家が「これを食べている間、ずっと吐瀉物を食べているような感覚だった」と言った場合、そう評価されたものを食べる時には全力で忘れる努力をしますよね。飯が不味くなりますから。ただ、読書の場合は「吐瀉物みたいな本とはどういうものだろう?」という読み方もできてしまう。そして「なるほど、この辺が吐瀉物だ」というように情報によって不味い読書に引っ張られてしまうことがあります。人間は辛口な批評家に弱いですから。優しい先輩に優しくされた時より、怖い先輩に優しくされた時の方が優しさが際立つでしょ。だから、辛口の批評家が褒める本の方がおもしろそうに見えるのですが、手法やスタイルの問題なんです。その本を魅力的に見せて本を手に取りたくさせているのは事実ですからすごいですよね。ただ、特定の批評家がたまに褒める本だけを読むと決めてしまうのはやめた方がいい。

厳しい批評家が褒める本は僕もおもしろいと思います。「えっ! あの厳しい人が絶賛している」と手を伸ばしてしまいます。なぜなら、自分の名前を公表した上で厳しく採点すると宣言しているわけですから、敵も増えます。普通なら見すごしてもらえるレベルのミスも許されません。少しでも間違いがあれば批難を浴びます。それもおかしいんですけどね。でも、その芸風をまっとうしようと思うと相当な覚悟が必要です。それほどの覚悟を持って本を紹介してくれるわけですから、根本的に本に愛がなければやっていけないはずなんです。そういう芸風の人が褒める本はおもしろい確率が高い。だから、みんなも読めばいい。それはそれでいいんです。ただ、おもしろい本はそれだけではありませんから、別の方法でもたくさんのおもしろい本を見つけることができます。そこだけに捉われると守備範囲が狭くなります。厳しい批評家が薦める作品も楽しみ、別の作品も楽しんで下さい。

あと、将来は芸術や作品を表現することで食べていきたいと考えている人の批評には気をつけて下さい。その道中ですべてのものを批判的に見るという時期が必要な人もいるのです。批判的に見ることが新しい表現を誕生させるために有効な場合もある。いろんなパターンがあるとは思いますが、現状に満足している人間よりも、満足せず飢餓感を持っている人の方がより表現欲求が強いと思います。そんな人間にとって、自由に表現の場が与えられているやつらの存在を了承するわけにはいかないのです。そいつらと同じことをやりたいなら自分の最後の手段はなくなるわけですから。許せるわけがないんです。ただ批判的に見るというのもあくまで方便にすぎなくて、飛び抜けた才能のある人なら見るものすべてに感動しながら傑作をものにしてしまいます。

さっき述べたように将来表現の世界で生きていきたくて、現状で満足できず他人の作品を見ても嫉妬でおかしくなりそうだという人以外は、そんな読み方はやめた方がいい。ここで僕が言いたいのは、あくまでも楽しく本を読むにはという話です。厳しい審査のもと、一番優れた本を選ぶ方法はまた別にあるでしょう。

楽しく読むのが一番いい。ただね、自分でも嫌なんですけど作家の方に自分の作品を批判されて納得いかない時って、すごく不安になるんです。「こんだけ言うってことは、この作家の作品とんでもなくおもしろいんちゃうか」と思うんです。それで、気になって仕方ないから大概は恐る恐る緊張しながら読んでみるんです。そしたらね、全然おもしろくないんです。「小説はこうでないといけない。その条件を満たしていない」と言われたとしたら、その条件をアンタは満たしてるんやろな？　という変な読み方になってしまうんです。そしたらね、全然満たしてないんです。「お前の作品に新しいところなんて一切ない」とか、「派手にスべっとんのう」とか、「こんくらいのタコが偉そうにはしゃいでくれたのう」とか下品なことを考えてしまうんです。自分でも驚きましたよ。自分が怖かったです。ほとんど悪魔やんと思いました。目を輝かせながら「この世におもしろくない本なんてない」と僕は過去の取材で何度も言ってきましたから。おそらく僕は地獄に堕ちるでしょう。悪意を持てば小説をつまらなくすることなんて容易です。簡単。でもそこに楽しさはなかった。その時間がおもしろくなかった。その小説もおもしろくなかったけど自分自身もおもしろくなかった。本＋自分の読み方が零《れい》点だったわけです。最低な行為です。

今後、ストレスはよそで発散しようと思います。嫌いな人が書いた小説でも「おもしろい」と思える人間になりたいし、そんな小説が存在すると信じたいですね。もし僕が太宰治に暴言を吐かれた直後に『人間失格』を読んでいたらどう感じていたのでしょうか。自分でも気になるところです。喧嘩しながら食事してもおもしろくないですもんね。本は楽しく読みたいです。今まで自分が何度も言ってきたことですから。悪意を持って本に向かってしまった時、いつも文句ばっかり言うてる人が見ている世界って、この景色に近いんやろなと思いました。

だからこそ、言います。それの何がおもしろいねん。こんな汚い風景を誇るな。悪意で読む者より、感情に流されずフラットに読む者より、本に対して協力的におもしろく読める者の方が読書を楽しめているという想いはさらに強くなりました。

答えがないことを学べる

十冊読めば十人分の人生がわかるとは思いません。すべてを自分に採用できるかどうかもわかりません。しかし間違いなく視点は増えます。自分の中に「俺はこう思う」という人間と「それ本当か？」という人間が、せめてふたりぐらいいた方がいいんじゃないかと思います。「絶対そうだよ」と断定するのが口癖の人がいますが、「絶対」という言葉は使い方によっては可能性を狭めてしまうので気をつけた方がいいと思うんです。

「それは本当か？」に対し「いや、本当だ。これこれこうだから本当だ」と思考することによって、「俺はこう思う」の強度がどんどん増していきます。視点が増えれば増えるほど問題も立体的になります。物事の本質に近づくことができます。

今、視点がいくつかある、考え方が複数持てるという言い方をしていますが、自分とは異なる複数の考え方を知ることができるという認識でも良いかもしれません。

なぜ多様な視点や考え方を持つ必要があるのか。極論を言うと全人類が同じ考え方しか持っていないとしたら、ひとつの失敗で全員が死ぬからです。「この鮮やかなキノコ美味しそうだから食べてみよう」と全員が思ってしまったら駄目なんです。全滅ですね。それは絶対に避けたい。だから、それぞれ独自の考え方があっていいのですが、多様であるということは自分とは違う他の意見も尊重するということです。世の中にはいろいろな人がいて、そんな人々がそれぞれ自分の立場のことだけを優先して「いや、俺はこうだ」「いや、私はこうだ」と主張を繰り返しているだけでは混乱してしまうと思うのです。複雑な状況がたくさんあって、自分自身が理不尽な立場に立たされることもあるでしょうし、相手の立場からものを考えることによって問題が整理されることも多いと思います。

近代文学を読んでいても、小説で描かれている人物そのものが平面的な思考の持ち主ではありません。そもそも複雑な状況におかれ葛藤している最中の人間の判断や人生が描かれています。もしかしたら一冊でいくつかの視点や考えを知れる可能性があります。

社会に出たらもうほとんど答えなんかありません。だから争いがあるのだし、物事は難解なことばかりです。そんな答えのないことにぶつかった時、それでも止まらず進んでいかなければならない時、どうするのか。

生きていくことは面倒くさい。答えがありません。本はそのことを教えてくれます。答えがないことを学ぶことができます。その時の主人公の迷いや葛藤、その末の判断を知ることができます。例えば、「暴力はいけない」という言葉だけを聞くと多くの人が共感すると思います。でも、これに条件をつけられるとどうでしょう。大切な人を傷つけられたら？　親を馬鹿にされたら？　自分が殺されそうになったら？　個人差はあるにせよ条件によってばらつきが出てきますよね。「その場合なら暴力も仕方ない」と判断するのは普通のことです。

ということは「暴力は使ってもいい」が正解かと言われると、それも違いますよね。暴力を許容してしまうと、自分や大切な人が誰かから暴力を振るわれる可能性も一気に上がってしまいます。そんな危険な世界で生きていくのは大変です。だから、世間が「暴力を使ってもいい」と認めることはありません。僕も基本的には「暴力はいけない」という認識で良いと思います。ただ世界は二択ではないんです。同じ暴力でも使った人の立場や状況は全然違います。なんでもかんでも「暴力はいけない」と決めつけることは何も考えていないことに等しいのです。「暴力はいけない」と思っていた方が大多数の人が幸せになる可能性が高いと人類は経験上わかっているのですが、状況によってばらつきがある。ということは「暴力はいけない」は絶対的な正解ではないんですね。どこかの誰かが、そのルールによって苦しめられることも実際にあります。そんな苦しい状況に追い込まれてしまった人に、「もっと大勢の人達のために泣いてくれ」と簡単には言えません。でも、ほとんどそう言っているようなものです。

道徳的規範からはみ出した者に対して世間は容赦ないですよね。二択で決着をつけようとしすぎです。二択で決めようとすると善悪ではなく人数が多い方が正義になることが多い。でも、ふたつの選択肢の間で迷いながら、それがどちらでもなく、いったいなんなのかを真剣に考えることも重要ですよね。

二択の間で迷っている状態を優柔不断と言わないで欲しい。最も体力を使うのはこのスタンスだと思います。その迷いの中で、現時点での自分の考えを示した時、社会的な規範の中で自分の考えがどのように理解されていくのかということも考えなくてはいけません。人は人、自分は自分という考え方はある意味逃げです。自分が思い描くように伝わらなかった場合、どのような考えを社会にぶつければ自分が思い描いたことが正しく伝わるのかをまた考えなくてはいけない。

そう考えると、世の中、本当に複雑ですよね。文学作品の中には簡単に答えを出さず、あらゆる可能性を示してくれるものがたくさんあります。そして、そんな一つひとつの作品が同じ答えを出すとも限りません。

小説家の西加奈子さんが、直木賞を受賞された時（二〇一四年下期）にスピーチで、同時代の作家があらゆることを書いてくれるから自分は自分の信じることを書ける、という意味のことをおっしゃっていました。本当にそう思いました。だから批判も怖くないと。それは、自分がすべてを言おうとしてないということです。

自分は世界のひとつであってすべてではない。世界には無数の視点が存在している。その中から自分の答えを見つければいい。そもそも答えは簡単に出ない。本はそのことを教えてくれます。その先にきっとそれぞれの道があると思います。

なぜ純文学が必要か

芸術って笑われる時があります。「センスあるぶるな」と斜めからの視線で。そのやり方はセコいんじゃないか、簡単なんじゃないかと思います。気持ちはわかります。たまに、情熱や技術では戦えないと判断した人が、なんとなくで作ったものに「芸術」というタイトルだけつけて宝くじ的な評価を得ようとすることもあるでしょう。そういうものに対する不信の蓄積が、芸術を馬鹿にする理由になっているのかもしれません。難しくて意味がわからないから、消滅して欲しいという願いから自己防衛で馬鹿にしている人もいるでしょう。

だけど、「ピカソって本当にすごいの？　褒めてるやつらもわかってんの？」と言ってしまう人は、山で熊に遭遇しても「かわいい！」と近寄っていって殺されてしまう恐れがあるのではないかと不安になります。意味はわからなくても、圧倒的な迫力は感じるやろと思うんです。

僕にとって芸術は、表現をしている人がその行為を信じているかどうかだと思っています。疑いながらやって欲しくはない。「芸術ってこんな感じだよね」でやって欲しくない。自分が作品を鑑賞してすごいかすごくないかと、表現者が作品を信じているかどうかが僕の中での大きな基準です。

僕もいつも考えすぎてしまいます。どれだけ自分が信じていても、横から「お前、それ本当か？」などと言われたら、本当だと思っていてもだんだん不安になる時があります。誰になんと言われようと自分の表現を貫けばいいんだ。でも、恐怖を与えない平均的な表現にとどめておいた方がいいのではないか。その方が日常生活は上手くいくのではないか。その狭間《はざま》を行ったり来たりしています。

太宰治に『芸術ぎらい』というエッセイがあります。

創作に於いて最も当然に努めなければならぬ事は、〈正確を期する事〉であります。その他には、何もありません。風車が悪魔に見えた時には、ためらわず悪魔の描写をなすべきであります。また風車が、やはり風車以外のものには見えなかった時は、そのまま風車の描写をするがよい。風車が、実は、風車そのものに見えているのだけれども、それを悪魔のように描写しなければ〈芸術的〉でないかと思って、さまざま見え透いた工夫をして、ロマンチックを気取っている馬鹿な作家もありますが、あんなのは、一生かかったって何一つ摑めない。小説に於いては、決して芸術的雰囲気をねらっては、いけません。

（太宰治『芸術ぎらい』）

ふたつの選択肢で揺れている時、こういう言葉に出会うと迷っていた自分の背中を押してくれます。信じたままでいいんだと思わせてくれる。

でもこの言葉だけを抜き出したら、こんなことはみんなが言っていることです。「自分の思ったように描きなさい」という言葉は、幼い頃から何度も聞かされています。でも、その言葉では僕は信じられません。言葉として弱い。

やはり、「風車が悪魔に見えた時」という言葉が必要なのだと思います。「風車が悪魔に見えた」とは、すぐにイメージしにくい言葉です。理解はできるけど、普段の生活からはちょっと遠い言葉です。そんなことは普通はありえない。だからこそ、「風車が悪魔に見えた時」というのは、何かを獲得した瞬間でもあるのです。そんな瞬間を経験したことのある人間にとってはかなりの説得力があります。

「センスあるぶるな」という斜めから小石を投げてくるような言葉をはね返すことができる。言い回しが上手いということではありません。体重が乗っていて重いんです。これだけ疑り深い僕が納得させられました。信じること以外は書くまいと思えました。どんな言葉にでも対抗できる。それが文学の力によってできるのだと思い知りました。

純文学は回りくどいとか、何を書いているかわからないと言われることがあります。でも、そんな簡単な、簡潔な表現では納得できない時があるんです。本の中から一行だけ抜かれても、言葉を差し出されても無理です。そこには物語が必要です。その上で体重の乗った言葉が、そのために過不足のない表現が必要です。たまに、ふと目にしたり耳にした言葉から啓示を受ける時がありますが、それも言葉だけがすごいのではなくて、自分の人生という物語に、その言葉が奇跡的に乗ることができたからなんです。

親に同じようなことを言われても、「やかましいわ」で終わってしまうようなことも、小説、文学を通じて、物語を読んできた末に出会った言葉にグッときた経験は、みんな一度は体験していると思います。

本を読むことは無駄足じゃないし、遠回りでもない。純文学は知的なことをアピールするために難解にしたり、回りくどくしているわけではありません。必要だからやっていることです。一言では駄目なんです。あるいは、省略しまくった上での一言でないと駄目な瞬間もあるのです。

自分はどういう人間かと考えた時、誰かひとりの意見だけで決めるのは不安です。Aは僕のことを「暗くて残酷だ」と言うし、Bは「意外と優しい」と言う。ひとりの人間を知ろうとしたら何十人もの意見が必要になります。その中にはそれぞれ矛盾することも出てきます。でもその矛盾も含めて、いろいろな目線があって、ようやくその人がどういう人間かという全体像が浮かび上がってきます。

純文学を読んで感じるのはそういう誠実さです。様々な視点から見ることによって実像が浮かんでくるのが、純文学のおもしろさです。だからこそ、ある程度の長さが必要ですし、それぞれの言い回しや幅のある表現が必要になります。反対に文章を省略することで余韻が生まれたり、欠乏感が何かの象徴として表現されることもあるでしょう。それこそ新しく更新され続けていくものが純文学でもあり得るわけですから、可能性は無限です。

言葉を信用しすぎることを僕は警戒しています。三色だけで世界の絵は描けません。三色を混ぜて何百色にして陰影をつけていかなければ世界は描けません。そして反対に、もっと言葉に期待していいと思います。言葉の色を使えば使うほど、より具体的にリアルな絵を描くことができます。『人間失格』も『こころ』もストーリーだけ聞くのと、実際に読むのとでは、受ける印象は絶対に違います。

純文学の中では、ひとりの人間がすごく優しくて、すごく残酷であるということも書けます。白と黒を混ぜているようなものです。現実の世界も、白か黒だけの単純なものではありません。白と黒が混じっている、そしてそこには様々な濃淡がある。それが世界です。

ひとりの人間が優しくて残酷。その両方の話をぶつけられた時、僕の中で何かが立ち上がります。読むところはここだと思うのです。僕はこう読んでおもしろかったけど、あなたは読んでも全然おもしろくなかった、でもいいんです。

読むのは僕なんです。それぞれがひとりで読むんです。物語の中で何かと何かがぶつかり合うのを読んだ時、そこにそれぞれの人生が結びつきます。それは本当に素晴らしい瞬間です。それぞれ反応する場所も違うだろうし、反応の仕方も様々だと思います。ひとりの人間でも、読む年齢によって異なる反応があります。

文学は自分の人生に返ってきます。それが最高のエンタテインメントであり、文学のおもしろさです。一方で、全然なんの役にも立たないという看板を掲げる作品もあるでしょう。役に立たないからこそ、おもしろいものもあります。それは、おもしろいということによって、役に立ってしまいます。

先程から文学の説明をしようとすると、どうしても矛盾が含まれます。文学を簡単に説明することは、難しいです。だから、この本で長々と僕は語っているのでしょう。

本に無駄な文章はない

小説に文体というものがあることを初めて意識したのが、野坂昭如《あきゆき》さんの『火垂るの墓』でした。

小学六年の時、読書感想文のために初めて読みました。最初は「むずっ！」と思って読んでいました。最後まで読めるのかなあと思いながら読み進めていくと、闇市のシーンにぶつかりました。読点「、」も句点「。」さえもほとんど使わず、闇市に並ぶ品物を羅列してゆきます。なぜこんなに読みにくくするのか。間違いなくわざとです。でもそのうち、絵が浮かんできました。なるほど、この人は絵を描くように文章を書いているんだと思いました。こんな表現も文章でできるのか。

野坂さんご本人がどんな意図で書かれたのかはわかりませんが、僕には絵が浮かびました。整然とした商店街ではなく、どこで何を売っているかわからないような闇市の様子が目の前に現れるようでした。

今『火垂るの墓』を読み返すと泣けて仕方ないですね。当時はあんなに難しいと思っていた冒頭の三宮《さんのみや》の風景から素晴らしい。もう完璧に絵が描けるぐらい映像が浮かぶ。文体のおもしろさについて考えるとなぜ難しく書く必要があるのかという問いが出てきます。

作家は頭の中で考えたことを文字にし、それを読者が頭の中で再構築します。作者が思い描いたことを完璧に読者が頭の中で再現できれば、それは理想の形です。

公園で小学生がサッカーをしていて、高校生がいきなり入ってきたとします。その時の小学生の恐怖を描こうとしたら、例えば高校生の太い太股を細かく描写します。そうすれば、小学生の目線の位置や高校生の大きさ、それに対する恐怖を読者が再現する度合いは随分と違ってきます。そういう描写の線を増やすことによって文章はよりおもしろくなります。

読者は想像力があるから説明しすぎてもいけません。線を増やしたり減らしたり、作家は読者が文章をどう再現するかを考えながら、細かい仕掛けをしています。

例えば、登場人物の気持ちとして「悲しい」と書くかどうか。「悲しい」と書かずに、風景や別の心理描写で悲しいという気持ちを表現する。そうやって「悲しい」という言葉を避け、他の描写を重ねた上で出てきた「悲しい」という言葉はまた別の意味になってきます。

本の中に無駄な文章はひとつもありません。それは漫才の中に無駄な言葉があってはいけないのと同じです。無駄なおもしろさはあります。しかしそれは必要な無駄、仕掛けのための無駄です。

作者は意図を持ってその描写、表現をしています。僕達読者はそれを面倒くさいと思ったらもったいない。作者が何をやろうとしているのか、何を語ろうとしているのか、文体や描写も含め、一行目からワクワクしてもらいたいなと思うんです。

頭の中の複雑さを再現する文体

小説は一般に「私」で書き始められたら最後までそれでいかないといけないというイメージがあるんですが、必ずしもそうではない文章があります。僕にとって山下澄人さんの小説がそうでした。

山下さんの小説は人称が移行していくおもしろさがあるんですが、人称が移行するおもしろさに加えて、人称が移行していくことに強い必然性を感じます。そうじゃないといけないと思わせるものがあります。

作家は頭の中のイメージを、言葉をひとつずつ置いて表現していきます。自分の頭の中を完全に再現することは無理です。頭の中はもっと複雑です。人と話している時も、本当はこれも言わなければならなかったけど、ひとつしか声がないから、実は三つ同時ぐらいにしゃべれることをひとつだけにしています。

今しゃべっている「私」と、それとは違うことを考えている「私」と、また別のことを考えている「私」がいます。三人の「私」がいるが、しゃべっていない方のふたりの「私」は本当に「私」で書いていっていいのか。別の表現が必要ではないのか。その時、視点が、人称が移行していくのはなんら不思議なことではありません。そうやって新しい表現は生まれていきます。

ご本人が意図しているかどうかは別として、三人の「私」が同時にしゃべるようなことを言葉の表現でやられていて、僕は脳がパッと開くような感覚がありました。ともすれば難解、実験的と言われてしまうと思うんですが、僕にはそれが必然の、それしかないような文章の表現に思えました。

人がしゃべっている時、会話の内容が急に変わることがあります。自分の親でも会社の話をしていたかと思えば急に「あれ、どないなってん!?」と言われたりすることはよくあることです。「あれ」とはなんなのか。小説で言えば、接続詞をつけ、段落を変えなければ意味がわからなくなります。

人間はしゃべりながらあらゆることを考えています。他人といる時は「話は変わるけど」と説明もしますが、ひとりで物事を考えている時の頭の中はむちゃくちゃ脈絡のないイメージの世界です。言葉や映像がバンバン飛び交っています。

小説はまとまった世界が書かれていることが大前提と思われるかもしれません。しかし、僕達はそもそもそんなむちゃくちゃな世界で、すべてを理解しているわけではなくても、その時どきの瞬間を感覚的に受け取りそれなりに楽しめています。それが文章になった途端「これは私の知っている小説じゃない」と戸惑うかもしれません。でもむしろ楽しんで、「こんな表現があったのか」と「まさに自分の、ものを考えているあの時の感覚に近いな」と思って読むと、もっと読書の世界が広がります。

ひとつの小説の中で人称が変わっていくことは、サッカーのオーバーヘッドキックのような難しいことではありません。誰もが日常生活で頭の中でやっていることです。そして、それを文章の表現で感じさせてくれるのが小説の力です。

小説とエッセイ

エッセイをずっと勘違いしていました。

僕は、古着屋のフリーペーパーで目にする文章のようなものを「エッセイ」だと思っていました。このエッセイだと思っていた文章が全然おもしろくなくて、楽しみ方がわかりませんでした。内輪のことばかり書いていて、共感も発見もない。「昨日大雨の中、長靴を買いに行って履き替えた途端、雨にやまれるというアンラッキーを経験した○○です」みたいな導入が耐えられませんでした。ボケまっせー、笑かすでー、という気持ちが出すぎています。

そのイメージを変えたのがさくらももこさんのエッセイ集『もものかんづめ』のシリーズでした。声を出して笑いました。でもさくらさんの本はエッセイと認識するというより、もう別物として読んでいました。さくらももこさんのユーモアとして触れていました。エッセイというものを強く意識したのが、歌人の穂村弘さんのエッセイ集『もうおうちへかえりましょう』でした。その後、小説家が書くエッセイをいくつか読んで、思っていたものと全然違うことを知りました。

僕にはエッセイと小説の区別があんまりついていませんでした。僕がもしエッセイを書くなら、太宰の短編小説みたいに書くのになあと思っていました。アホなこともむちゃくちゃマジメに。ウケ狙いじゃなく、一所懸命やった結果悲惨なことになりました。こっちの方が絶対に笑えるのにと。

お芝居の笑いは、役者さんの芝居が上手くて緊張感があるからちょっと崩したところがおもしろい。ふざけすぎて緊張感がないと変なことが起こっても、日常とおもしろさの差がなくなってしまう。もったいないなあと思っていました。古着屋の人も海外にしょっちゅう買い付けに行っているんだから、道中でもっとおもしろいことがあるだろうにと。

さくらももこさんの一貫した視点、そして穂村さん独特の視点と共感させる力には、驚かされました。おもしろい人っているんだなあ、と感動しました。

例えば、太宰の妻・津島美知子さんの『回想の太宰治』はむちゃくちゃおもしろかった。文章も上手いし、小説のようでもありました。

太宰は先に疎開先に来ていた美知子さんに、三鷹の家は空襲により「半壊だ」と話していました。美知子さんは疎開先から、一年四ヵ月ぶりに三鷹の自宅に戻ってきました。

下連雀の爆撃以後、太宰はこの家のことを「半壊だ」と言う。今まで気にかかるので何度も念を押して聞いたが「半壊だ」としか言わない。ところがいま眼前のわが家は、そして入って見廻したところは、大した変わりもないように見える。私はなんのことやらわからなくなって「これで半壊ですか」と言った。太宰は知らぬふりをし、小山さんはうす笑いを浮かべて、その表情で——だまされていればいいのですよ、と私に語っていた。

（津島美知子『回想の太宰治』「甲府から津軽へ」）

大げさに言っている太宰もおもしろい。物語を盛るという、作家や芸人の性だと思います。それを冷静に見つめ、美知子さんは書いている。芸になっています。

太宰にとっては、その時に自分が経験した恐怖みたいなものを伝える上で、その表現が必要だったと思います。「家は大丈夫だった」では、自分が味わった恐怖を正確に伝えられません。「半壊だ」という、その表現が必要でした。

毎日午後三時頃まで机に向かい、それから近くの喜久之湯に行く。その間に支度しておいて、夕方から飲み始め、夜九時頃までに、六、七合飲んで、ときには「お俊伝兵衛」や「朝顔日記」、「鮨やのお里」の一節《ふし》を語ったり、歌舞伎の声色を使ったりした。「ブルタス、お前もか」などと言い出して手こずることもあった。ご当人は飲みたいだけ飲んで、ぶっ倒れて寝てしまうのであるが、兵営の消灯ラッパも空に消え、近隣みな寝しずまった井戸端で、汚れものの片附けなどしていると、太宰が始終口にする「侘しい」というのは、こういうことかと思った。

（津島美知子『回想の太宰治』「御崎町」）

これもアンサーとして完璧だと思います。「侘しい」と言っている当人が酔って唄って寝ている横で、奥さんはつぶやいている。太宰はすごくセンスがいい人にいじられている感じがします。「ブルタス、お前もか」と言っていたのを暴露されたのは恥ずかしいでしょうね。チクリとする一方、愛情も感じます。

情景を正確に思い浮かべることができ、その情景に微妙な感情や批評性、温かみを忍ばせた文章。僕にとって理想的なエッセイかもしれません。

今の自分が一番おもしろく読める

本の内容は変わりませんが、人間は日々、年を取りながら変わっていきます。

中学二年の時、僕は太宰の『人間失格』を読みました。次に読んだ時は高校生だったと思いますが、「なんかおもしろくなっている」と思いました。初めて読んだ時よりも物語の輪郭がはっきりわかりました。

その後上京し、縁起担ぎで毎年一冊目は『人間失格』と決めて読んでいました。そうすると毎年おもしろくなっていることに気がつきました。「あれ、こんなところあったかな？」というところがボッコボコ出てきます。その経験があったので他の本も再読を始めました。

中学生の僕が引っかかったのは、その時の僕が気になっていたり、見えている世界のことです。当時の自分には引っかからなかった、映像として流れてしまっていた文章が、今の僕の中でハイライトになっているものもあります。

一度目の『人間失格』は主人公・大庭葉蔵が逆上がりを失敗し、友人・竹一が「ワザ。ワザ。」と主人公の意図を見抜くあの件《くだり》の衝撃が大きすぎました。その後はショック状態であまり文章が頭に入って来なかったかもしれません。

二十代前半で読んだ時は、あんなに竹一がいなければいいのにと思っていた葉蔵が、竹一の耳掃除をする件に反応してしまいました。なんていびつな人間心理だと思いました。

「ワザ。ワザ。」があって、主人公が後々心中未遂で取り調べられた時、彼はここで咳き込んだら体が弱いというのが心証としていいと思い実行します。すると検事が「本当かね」と言う。そこで竹一の言葉を思い出すのですが、実はこの場面の方が、竹一の「ワザ。ワザ。」よりおもしろいし効いています。かぶせになっていて恥ずかしさが強くなっている。

何度か読んでいるうちに、葉蔵が竹一に声をひそめて言うこの台詞が、今は一番刺さるようになりました。

「僕も画《か》くよ。お化けの絵を画くよ。地獄の馬を、画くよ。」

『人間失格』の中で唯一ポジティブなシーンです。ここを見つけたのは三十代になってからでした。今ここを読むと泣けてきます。『人間失格』はお化けの画宣言をした小説だった。お前らが気持ち悪いという自画像をここに描くと宣言しています。そうじゃないと、なぜここだけがポジティブなのか僕の中で説明ができません。

その後、葉蔵は画家になれずに、卑猥《ひわい》な画や挿画を描く仕事につきます。それも考え合わせると、この箇所はグッときます。『人間失格』のへそ、心臓はここなんじゃないかと思いました。十代の時も、二十代の時も発見できませんでした。本は読めば読むほど発見があります。

お笑いでもひとつのボケがウケすぎて、次の台詞が聞こえないことがあります。映画でもある場面に衝撃を受けてそれを引きずりながら観るから、一度目は違う反応になってしまいます。もう一度その作品に触れた時、最初は影になっていた部分が浮かび上がってくるのです。

本はその時の自分の能力でしか読めません。良いようにとれば、本はその時にしかできない読み方ができているということになります。

例えば、ある男が女の子とデートに行きました。デートの後、男は「あいつ、全然おもろなかった」と言います。いや、お前がおもろないんやろ。お前がおもしろくせえよ、と思うんです。もし男が百パーセントおもしろかったら、相手も楽しんだだろうし、それに応えておもしろいことが言えたかもしれない。何もせず受け身ではおもしろいと思えるわけがありません。本もそれにちょっと似たところがあるんじゃないかなと思います。

『人間失格』を初めて読んだ中学生の僕に、最初に読んだ時の衝撃では勝てません。しかし今の僕の方が、きっとおもしろく読めると思います。同時に、来年の自分には勝てないかもしれないとも思っています。

子供の頃牡蠣《かき》が食べられなくても、成長して他にもいろいろなものを食べてきて、大人になると美味しく食べられることがあります。味覚は間違いなく変わります。その逆もあって、若い時は肉が大好きだったけど、年を取るとあまり食べられなくなります。人によっても適正な年齢はあると思います。二十歳の頃読んでも全然おもしろくないと思った。でも、二十歳の味覚、感覚は絶対ではありません。

いつ読んでも違う味がする。それが読書の大きな魅力のひとつです。

第4章

僕と太宰治

なぜ太宰治か

僕が大好きな太宰治は日本を代表する素晴らしい小説家ですが、はっきり言って「太宰好き」と公言することは勇気が必要です。それは僕もたまに感じているのですが、文学に詳しい人達からなめられやすいらしいのです。「太宰の『人間失格』が好きです」と宣言したら、「お前、本そんなに好きじゃないだろ?」と言われることはあっても、「お前、文学詳しいな」と評価されることはありません。

でも僕は、誰かから「お前は文学詳しいな」と評価されたいという欲求がありません。本を好きなように楽しく読みたいだけなんです。実際、すごく好きなだけでそんなに詳しくもありません。すぐに忘れたりもしますし、今回も太宰について語るにあたり読み返してきたほどです。

あと太宰好きを公言すると他の熱狂的な太宰ファンの方から、「お前ごときが太宰を語るな」と厳しい言葉を投げられることもあるそうです。僕は直接誰かに言われたことはありませんが、もしかしたら誰かにそう思われているかもしれません。でも、これから太宰を読む人にはそんなこと気にして欲しくないですね。街中で「まだ『人間失格』の数ページしか読んでないんですが、自意識がいびつでおもしろいですね」と知らない若者に言われて、僕が「お前ごときが太宰を語るな」と言ったら、それこそ変ですよね。もしも僕がそんな恥ずかしいことを言ってしまったら躊躇なく固い単行本の角で殴って頂きたいです。僕は絶対にそんなこと言いませんし、思いもしませんから安心して好きなように読めばいいと思います。

僕はこれまで個人的な場所でも公の場所でも、太宰治の魅力について話してきました。特にあまり本や文学に興味がなかった人にこそ太宰を薦めてきました。その理由のひとつはやはり、太宰がキャッチーであるということです。

もちろん簡単に読めないものもありますが、中学生時代の僕にでも読むことのできた文体でありながら、ハッとさせられる美しい描写もあり、立ち止まって考えさせられる箇所もある。物語の展開がおもしろい作品もあるし、アホで魅力的な登場人物が出てきたりもする。あらゆる要素があるので誰もが読み終えた時に何かを感じることができる小説だと思います。本をあまり読んだことがない人が、カフカの『変身』を最初に読んだら、衝撃を受けるかもしれませんが、結局何が言いたかったのかわからないと思うかもしれません。何が言いたいのか別にわからなくてもいいのですが、何かをわからなければならないと思うことはストレスになりますから。でも太宰の小説なら、何か必ず感想を持てるというのがすごいところです。

そして一番素晴らしいと思うのは、太宰という作家が、むちゃくちゃ文句を言われようがむちゃくちゃ褒められようが、びくともしないところです。僕みたいなもんが何を言おうが、太宰の評価になんの影響もありません。

嫌いな人は大嫌いだし、好きな人は大好きです。両極端な反応があり、読んだ後にどう思おうが読者の自由。そんな読み方が許されている作家です。だからこそこれまで僕は、誰かに聞かれたら太宰を読むことを薦めてきました。

「太宰が嫌い」ということは、しかも大嫌いということは、逆にすごく影響を受けているということでもあります。「おもしろくなかったから読まなければ良かった」と言う人がいますが、「おもしろくなかったから読まなければ良かった」と思えたことが大きいと思うんです。その人は自分の嫌いなものを知ることができた。もしその人が作家になったら、太宰みたいな表現はやめようと思うわけです。表現という無限に方法の広がる地平の中で、その一角をつぶせる。それ以外の表現をすると決めることができたならかなりの影響を受けていると言えます。

何かを思える。好きだとも嫌いだとも思える。ヒーローにもヒールにもなれるということは特別な作家にしかできないことです。特定の作家を誰かが「嫌い」と言うのを聞くとドキッとしてしまうのですが、太宰の場合はどこで誰が「好き」と言っていても「嫌い」と言っていてもしっくりときてしまう。現代の作家で、太宰の役割を担えるのは村上春樹さんしかいないんじゃないかと思います。村上さんが新刊を出せば多くの人が読み、好きだ、嫌いだと言います。ご本人からすれば「嫌いだ」と言われるのは腹も立つでしょうけど、どこかで誰かが「嫌い」と言ってもびくともしません。日本文学の中で過去から現在まで、最もその対象にされ続けているのが太宰治です。

僕は本を楽しく読もうとした結果、感想として好きとか嫌いとか、良かったとか駄目だとか思ったり言ったりすることはすごく重要だと思います。これはこうだから駄目だと言うことによって、考えることによって、自分なりの文学観ができていきます。

その対象として太宰はとても適している。

例えば、夏目漱石の『吾輩は猫である』をみんなで読んで、褒める目線以外では読みにくいと思います。「読むのに時間がかかった」という感想はあるかもしれませんが、そこはかとなくずっとおもしろいですし、部分的にもとてもおもしろい。好き嫌いはない。一方で『人間失格』もそれ以外の作品も、太宰治自身もボロカスに言われることが多いです。

これはファンの目線かもしれませんが、太宰自身が自らそういう存在であることを、生前から引き受けていた部分があるんじゃないかと思っています。太宰を読んでいて、そこまで自分のことを悪く書かなくてもいいんじゃないかと思ってしまうこともあります。

太宰には笑える短編小説もたくさんあるし、『斜陽』のような完成度の高い小説もあるから、それらについて語り合うのは楽しいです。僕は笑える小説が好きだし、『斜陽』も大好きです。

でも、太宰好きと公言している人のなかにも敬遠する人が多い『晩年』や『人間失格』も小説として駄目ではないとも思っています。小説として駄目ではないというのは、僕は評論家じゃないから精度の問題ではなく、あくまで読書の対象として自分を楽しませてくれるものであるかどうかということです。やっぱりど真ん中の小説だと思っています。悪人や駄目人間が登場する小説がなくなったら、小説はずいぶん退屈なものになります。そして、善人とか正義感の強い登場人物が禁止されても小説は狭くなります。太宰は駄目な人間も美しい人間も正面から書きます。

太宰治という作家そのものと作品の傾向が、最初にひとりで読んでみるのも、みんなで感想を言い合うのにもすごく適していると思います。入口にもなるし出口にもなります。そして、大抵の書店に置いてあります。

嘘だけど真実

『人間失格』は太宰が心中した後に刊行された小説です。だから、精神的に不安定で体力が残っていなかったから中途半端な作品になっている、と言う人もいます。その前作『斜陽』は完成度の高い素晴らしい作品で、ベストセラーとなり「斜陽族」という流行語も生み出しました。一方『人間失格』は、小説としてよりも衝撃的な内容と太宰の実人生を結びつけて語られることが多いですね。だけど、僕の個人的な意見としては『人間失格』は読めば読むほど小説の可能性を感じることができる稀有《けう》な傑作なんです。

最初僕は、『人間失格』を太宰の自伝として読んでいました。でも次第に、太宰が体験した事実ももちろん入っているけど、第三者の目線で書かれる「はしがき」「あとがき」も小説の構造として考え抜かれていると思うようになりました。

読み返すほど、何が本当なのかわからなくなります。自伝ではないような演出をしている部分も自伝かもしれません。そういうものをすべて煙に巻くような意図的な仕掛けがなされていると思うんです。小説っていろんなことができるんだと思いました。一方で小説の怖さも教えてくれます。

エッセイ、随筆と呼ばれる文章は作者の日常や、作者が見た事実を書くという前提があります。小説はそこに構造的な企みが入ってきます。エッセイにそれがまったくないとは言いません。一方小説には、こうした方がおもしろいと思うものはどんどん足されていきます。虚構を足すことによってより真実に近づくということが、僕は確かにあると思います。『人間失格』からは、太宰がこの作品を事実の垂れ流しではなく小説にしよう、物語として、小説という形式の力を使って真実に近づけよう、としている意識が伝わってきます。

『富嶽百景』という短編小説があります。太宰は井伏鱒二と一緒に山に登り、その時のことを「井伏氏は、濃い霧の底、岩に腰をおろし、ゆっくり煙草《たばこ》を吸いながら、放屁《ほうひ》なされた。いかにも、つまらなそうであった」と書きました。後に井伏鱒二は、事実として私はおならはしていないと書きます。その後太宰は別のところで、井伏さんはそうおっしゃっていますが、あの時二発放屁なさいましたと書く。太宰は数を増やすことによってリアリティを増そうとします。それが太宰治の技術の高さであるとまた井伏さんは書く。いや、何褒めてんねん。何を真剣にやり合ってんねんと。それはそれでおもしろいですよね。ふたりが超人的な作家だからか現実のやりとりが作品を補強しているように感じるんです。もう嘘でも本当でもどちらでもいい。嘘だと聞くとさめてしまいがちなんですが、どっちでもおもしろくなっているんです。

『富嶽百景』には実名で太宰治と井伏鱒二が存在しています。つまり私小説です。でもきっとエッセイではないと思います。

ここからは僕の推測です。井伏さんはその時本格的な山登りの格好をしていたが、太宰はいつもの格好で来てしまった。自分が登ろうと言ってきたのに、登り終わると井伏さんは岩に座ってつまらなそうにしている。井伏さんは何か言うことはないのかと、太宰自身が感じたと思います。

でも普通に事実を描写しても、読者はあまりその状況にピンときません。放屁したと書くことによって、いかに井伏さんが退屈していたのか、こんな見晴らしの良いところまで登ってきたのに、という馬鹿らしさも含め、太宰はおもしろさを感じたのではないでしょうか。井伏さんが放屁なされたと書いたことが、その時太宰が感じたおもしろさの本当の温度に近い感触を読者に伝える役割を果たしたんじゃないかと思うんです。

嘘だけど真実。ザ・ハイロウズというバンドの『十四才』という曲の歌詞にある「リアルよりリアリティ」。太宰はその時感じたリアリティを再現したかった。放屁したことがおもしろいのではなく、そういう状況や風景のおもしろさを伝えたかった。太宰の小説には、そういう仕掛けがいたるところにあります。

僕も以前コンビニで発見がありました。お腹が空いたからコンビニで弁当を買おうと思い手に取りました。「ああ、冷たいなあ」と思いました。コンビニ弁当は電子レンジで温められることを知っているのに、「冷たいからなあ」と思った。僕は、温かい弁当と電子レンジで温め直した弁当はまったく一緒ではないと、自分が思っていることに気づきました。温かい弁当がA、冷めた弁当がB、温め直したら弁当がA'。A'でも温かいからいいはずなんですが、まったく同じものではない。太宰は弁当Bを良しとしません。弁当A'を真実だと思っています。真実は温め直した弁当の方だと思っています。太宰にとって井伏さんの屁は電子レンジの役割だったのかもしれません。

よく会話の中で「その場にいたらおもしろかったんだけど、説明はできない」という言葉を聞きます。作家にそんな言い訳は許されません。その場にいた感動を言葉で伝えないといけない。

これをやっているのが芸人です。話を一切いじらなくとも、言い方や間のとり方や表情でおもしろくできる人もいます。しかし多くの芸人はそこで、よりおもしろくするために、効果音をつけたり、細かく説明したり、たまに数量を増やしたりと編集をほどこします。その方が体感したことに近づける。盛りすぎると嘘になってしまいます。嘘になるとおもしろくなくなります。

ただ事実をありのまま話したとしても、その時の感動や興奮を伝えられないなら、それはそれで嘘なんじゃないかとも思うんです。

真剣で滑稽

太宰には笑える短編小説がたくさんあります。

人間が一所懸命に何かしている時というのはどこか滑稽で、笑えるものと美しさが同時に存在します。太宰を斜め読みして笑おうというのではなく、その美しさを愛でる観点で選んだいくつかの短編を紹介します。それぞれから好きな一文も選びました。

『親友交歓』

「とにかくそれは、見事な男であった。あっぱれな奴《やつ》であった。好いところが一つもみじんも無かった」

東京で罹災し青森の実家に戻ってきた私をひとりの男が訪ねてきます。「酒を出せ」「女房に酌をさせろ」「毛布をよこせ」とのたまうかつての「親友」と、私は交歓するはめになります。

人は、偉そうな態度で嫌なことを言われたら「なんやねん、帰れ！」と言えますが、最初が好意的だとどんなに失礼でも無下にできません。僕もそうです。

昔、下北沢の駅前で「お前もやってんだろ？　同志」と知らないおっさんに肩抱かれた時は、変に目線が近いせいで逃げられませんでした。この話の主人公も同じで、昔なじみが会いに来た、というのが起点のせいでどうしても追い払えません。そんな主人公の感情が好きです。厄介なやつが来たなと思いながら交わす相手とのやりとりがおもしろいです。

『畜犬談』

「畜犬に好かれるくらいならば、いっそ私は駱駝《らくだ》に慕われたいほどである」

「いつの日か、必ず喰いつかれる」と犬を毛嫌いする私の後を、ある日一匹の子犬がついてきます。仕方なくポチと名付けたその犬は、半年も私の家に居つくことになります。

僕は犬が苦手です。嫌いじゃないんです。犬の命は愛しています。でも昔、執拗に追い回されたことがありまして、逃げ帰った後、しばらくして窓の外を覗いたらまだいたんです。その犬からまっすぐ向けられる感情が怖くて、以来、犬を人間のように感じるようになってしまいました。

だから冒頭からしてすごく共感できるんですが、普通言ったら駄目じゃないですか。犬と子供が苦手だって言った途端、人として最低という扱いを受ける世の中で。でも言ってしまう。しかも物語が進行する中で感情に変化が表れる。犬が苦手な僕も読みながら犬に感情移入していくんです。どんだけ感情をかき乱すねん！　という素晴らしい小説です。

『駈込み訴え』

「たまには私にも、優しい言葉の一つ位は掛けてくれてもよさそうなのに、あの人は、いつでも私に意地悪くしむけるのです」

何もかも捨てて従ったのに裏切られた。滔々《とうとう》と恨みつらみを語り、罵り、〝あの人〟の罪を糾弾するひとりの男。銀三十枚で誰よりも愛していたはずの人を売ったその男についての話です。

一文一文が素晴らしくてリズムもいい。初めて読んだときはその臨場感に圧倒されましたが、何度も読んでいるうちに「……めっちゃ好きやん」とユダのキリストに対する愛憎入り混じる想いに打ちのめされるようになりました。

ちなみに僕は高校の時、なぜか「キリスト」と呼ばれていました。教室でひとりで弁当を食べていたら、だんだんまわりに人が集まるようになって、いつのまにか僕を中心にした「最後の晩餐《ばんさん》」のような構図ができあがっていたからでしょうか。修学旅行のバスでも、みんなから見えるよう必ず最後列の真ん中に座らされていました。僕が授業中に寝ていて、途中で起きたら、みんな「目覚めた！　目覚めた！」と言っていました。あれはなんだったんでしょうか。

『彼は昔の彼ならず』

「自由天才流？　ああ。あれは嘘ですよ」

ある日、僕に家を借りに来たひとりの男。書道教授と名乗ったかと思えば、発明家だと言い、家賃を払わないその男のつく嘘に翻弄された僕は、彼こそ天才ではないかと思い始めます。

「自由天才流書道教授とペンで小汚く書き添えられていた。僕は他意なく失笑した」という書きぶりがもうおかしいんです。僕も高校のクラスメートに嘘ばっかりつくやつがいて。何かあるとすぐ頼ってくるのに、僕が頼んだことは何もしない。怒られるのが嫌で音信不通になって、他で行き場をなくすとまた連絡してきます。借金を肩代わりさせられそうになったこともあります。

でも、かわいいんです。アホやなあと。みんなに「あれはもうあかん、関わるな」と言われますが、その感じをちょっと思い出します。

『服装に就いて』

「老若男女ひとしく指折り数えて待っていた楽しい夜を、滅茶滅茶にした雨男は、ここにいます」

何を着ても他人からあれこれ言われてしまう私。友人の服を借りれば「君のせいで僕の服にまでケチがついた」とまで言われる始末。彼は最後〝ちゃんとした服装〟に辿りつきます。

抜き出した一文は、着たら必ず雨が降るという着物を大事な日に着てしまった主人公の吐露です。めちゃくちゃかわいい。自意識過剰にもほどがあります。でもすごく共感できる。僕も自然体をきどるのが嫌でわざとボロボロの服を着たりします。自然体を自覚して装う男って逆に気持ち悪くない？　とか考えた結果、一番間違った格好をしてしまうという、自意識。

お洒落と言われるのは一番嫌ですね。ダサいと同義ですから。だから「国民服とかないかな。でもあればあったで、またそこにお洒落が生まれてどうしようもない」などとツイッターで呟いたあと、久しぶりに読み返してみたらこのラスト。愕然としました。

『トカトントン』

「拝啓。

一つだけ教えて下さい。困っているのです」

玉音放送を聞いた兵隊の耳に届いた、トカトントンという金槌で釘を打つ音。おかげで絶望は消えますが、その後も彼の感情が高ぶるたび聴こえ、その一切を拭い去るようになります。

ホラーでもあるし、自意識にも置き換えられます。僕にも、熱くなっている時は常に第三者的にツッコミを入れてくる自分がいますし、すごく身につまされます。

このトカトントンを他の言葉に置き換えたらどうなるんだろう、と養成所時代にネタにしたことがあります。感情が高ぶるたびに耳元で「長崎ちゃんぽん」と声がする、という。

怖すぎて笑ってしまうってことがあります。怪談って極度の緊張状態にあるから、それをずらした時に笑いが起きます。この話自体が笑えるというより、それほど張りつめた状況は笑いと紙一重、ということだと思います。

『誰』

「『なんじらは我を誰と言うか』ひとりの落第生答えて言う『なんじはサタン、悪の子なり』」

「自分は誰だ」と弟子に問うたキリストを倣ってみたら、「サタンだ」と言われてしまった私。思い悩むあまり「サタンとは何か」に没頭し、調べはじめた私が得た結論についての物語です。

慰められたかっただろうにボロクソに言われて、あげくサタンを調べるという突き抜けたアホさが好きです。昔、後輩の芸人のしずるが売れ出した頃、村上純が「仲が良い先輩は又吉さん」と言ってくれていたのですが、その度に「誰やねん！」と突っ込まれていたので、「お前のためによくないからもっとちゃんとした有名な先輩を言うてな」と伝えました。そうしたら「はい、媒体選んでます」と言われました。「何言うんですか！」と反論してくれるかと思いきや。

その後、ラジオでもやっぱり言ってくれていました。いいやつです。その肩すかし感をちょっと思い出します。

『乞食学生』

「いやしくも熊本君ともあろうものが、こんな優しい返事をするとは思わなかった。

青本女之助とでも改名すべきだと思った」
井の頭公園裏の「人喰い川」を全裸で泳ぐ少年を、助けようとしたつもりが絡まれ、愚弄され、応戦しているうちに飯をおごらされるもなぜだか彼は号泣。彼の悩みを解決することになります。

太宰の小説の中では一番アホな話です。この間、僕も下北沢で、九州から出てきた二十歳の男の子に声をかけられました。古着屋が見つからないというので教えたら、サインが欲しいけど何もないというので買いに行くまで待たされ、しかも最後はLINEまで聞かれました。

変なやつだと思っていたら、翌日、写真つきの報告が三十通くらい次々と届いて携帯が鳴りやまなくなりました。えらいことになったと思いましたが、そんな彼がかわいい。乞食学生と言ったら失礼ですが、振り回されてほだされる、その感覚は似ています。

ここに挙げた短編小説は、太宰が意欲的に書いていた中期の頃のものが中心です。

『走れメロス』もこの辺りの作品です。ちょうど太平洋戦争と重なる時期になります。

太宰がこの頃精神的に安定した状態で優れた短編や長編を発表できたのには、やはり奥さんの津島美知子さんの存在が大きいと思います。『回想の太宰治』を読んでもわかる通り、あんなに美しくおもしろい文章を書く人だから、かなり聡明な人だったと思います。そんな女性に認められるものを書かなければならなかった。おもしろい人におもしろいと思われたいという欲求は、太宰にもあったと思います。誰に読まれるかで書くものの雰囲気も変わるし、完成度の高いものが多いのもわかる気がします。

今の時代に届く表現

『トカトントン』は一九四七年、戦後早い時期に発表されています。太宰は他にもいくつか戦争を題材にした小説を書いています。一番露骨に書いているのは『散華』でしょうか。友人の詩人が特攻で玉砕するのですが、彼が太宰に宛てた手紙に「大いなる文学のために、死んで下さい」と書かれていたことを小説にしています。

『十二月八日』は奥さんの一人称で書かれた小説です。太平洋戦争開戦の日のいつも通りの日常を描いています。すごくリアリティがありました。『佳日』という短編もそうですが、太宰は戦争に直接言及するというよりも、そこに巻き込まれていった人間の悲しみを描いたように思います。
中でも印象に残っているのは『お伽草紙』です。空襲警報の中、子供達を抱えながら防空壕に入る作家。防空壕の中で、怖がる子供達をなだめる唯一の手段は絵本を読み聞かせることです。

この父は服装もまずしく、容貌も愚なるに似ているが、しかし、元来ただものでないのである。物語を創作するというまことに奇異なる術を体得している男なのだ。
ムカシ　ムカシノオ話ヨ
などと、間《ま》の抜けたような妙な声で絵本を読んでやりながらも、その胸中には、またおのずから別個の物語が醞醸《うんじょう》せられているのである。
（太宰治『お伽草紙』）

『お伽草紙』はこのように始まります。この戦争によって自由を失っている子供のために、物語師として全力を尽くしてエンタテインメントを提供する宣言とも解釈できます。この始まりだけで僕は泣けてきます。賛成や反対、何かについて直接に発言するということではなく、俺は物語の力で戦うんだという気概を感じます。

僕は今の社会の問題に対峙する時、どんな時でも、最終的にどうなることが望ましいのかを考えます。そうするためにどうすることが最善であるのか。

対立する意見があり、どちらかの立場で発言することが、本当に自分の望むものになるかというと疑わしいんです。どちらかの立場で直接的な発言をすると、そこに当然起こる反発の声をより大きくしてしまうこともある。

だからこそ僕は、今の時代にみんな共通して感じている気持ちに届くハッとするような表現が必要だと思っています。表現によって価値観を変容させることができないかと常に考えています。戦うことより、何かを実現させることの方が僕にとっては大切なんです。

優しさと想像力

これまで紹介した短編は僕も好きですし、評価も高いのですが、最も太宰の才能が発揮されたのは『斜陽』や『人間失格』だと思っています。一方で最後の『人間失格』が傑作になり得たのも、良質な短編を数多く書いていたからだとも思います。

その中で、『斜陽』のモデルとなった太田静子さんという女性の日記が必要になったり、最期を共にする山崎富栄さんという存在が必要だったのかもしれません。もしかしたら、自分の中で小さくなっていた不穏な感覚にもう一度火をつけたかったという側面もあったのか。

太宰は家庭をどう考えていたのでしょう。僕が何度も読んで至った結論は、むちゃくちゃな意見と思われるでしょうけど、太宰は優しすぎたのだと思っています。

自分の話で申し訳ないんですが、僕もおつき合いしている人がいる時は四六時中ずっと一緒にいたいと思います。でも、友達に誘われたら行ってしまうんです。行きたくなくても行くんです。なぜなら、行かないとおもしろいことが起こらないとか、せっかく誘われたのにとか、友達より彼女選ぶのダサいみたいな子供っぽい自意識も含めて、「今日はもう遅いから」とか「今彼女といるから」という理由で友達の誘いを断るという選択肢が僕にはないんです。

それは最終的には彼女や、家族が戻る場所だと思っているからです。だから彼女や家族が一番犠牲になります。大阪に帰っても、実家には一時間もいなくて、地元の友達と遊んでいました。でもずっと胸が痛いんです。そして家に帰ったら母親が起きて待っている。何事もなかったかのように話しかけてきます。自分は何をしているんだろう。一番世話になっている一番大事な人とろくに顔も見ず話もせず遊び歩いて。それでも僕には無理なんです。どうしてもそれに抗《あらが》えない自分がいます。

同じような感情が爆発しているのが、太宰の『桜桃』だと思います。この小説は「子供より親が大事と思いたい」という一節から始まります。子供の方が大事だと本来はわかっている。でも自分は弱いという言い訳から始まる。

『桜桃』の主人公である父親は妻と静かな言い争いをします。いつもは上手く笑いで返せるはずが、今日はそれを笑いで返すことにも失敗する。変な空気を作ってしまったが、その空気を作ったのも全部自分だ。主人公はいたたまれなくなり家を出て酒場に向かいます。

そこで、桜桃が出ます。この桜桃を持ち帰ったら桜桃自体の価値はグンと跳ね上がります。本当は帰って子供に食べさせたい。でもこれはゲームセンターのコインのようなもので、ここでしか価値がないものなのです。家族のことを考える。その場の空気を考える。太宰はみんなを楽しませなければなりません。自分のおかげでみんなが楽しんでいると思っている人間です。考えて考えてやったことが、まずそうに桜桃を食べることでした。

「帰ったらいいじゃん」というのは帰れる人の意見です。今三十五歳の僕なら、太宰を読んでいるから同じ過ちを繰り返すまいと、もしかしたら帰ることができるかもしれません。

でも僕はずっと帰れませんでした。昔つき合っていた彼女の誕生日でも、先輩と飲みに行っていました。先輩と飲みに行って、先輩のことを嫌いになっていました。先輩は全然悪くありません。彼女が誕生日だと伝えたら、「これで美味いもの食べて来い」

とお金を渡される可能性の方が高いのに。でもそのことを伝えることで、先輩が今僕と一緒に遊んで楽しんでくれているのに、それがゼロになったら嫌だと思ってしまう。彼女がさみしいさみしい想いをしていると胸が苦しくなります。そして、先輩を少し嫌いになります。もうむちゃくちゃです。

例えば、僕がこんな話をテレビのトーク番組で話したら、「お前が弱い」と言われて終わりだと思います。わかります。でも、弱いってそもそもいけないのかとも思うんです。弱いと言われることだって、人間には起こり得ることなんだと。強いとは立派なことですが、強いことによって知らないうちに人を傷つけていることもあるんだと。強くなれ、というその言葉で人は傷つきます。それだけはわかっておいて欲しいと思うのです。

『桜桃』はたぶん理解されにくい小説だと思います。僕はサッカーの試合が流れているカフェでこの小説を読み不覚にも泣いてしまい、慌てて本を閉じたことがあります。もし僕の涙を見た他の客がいたとしたなら、僕のことを熱狂的なサッカーファンだと思ったことでしょう。

太宰は複雑な優しさを持った人だったと思います。優しい人はおもしろい。優しい人は期待に応えようとします。今何を望まれているのか。そこでそれを全力でやろうとします。それで、失敗して結局人を傷つけてしまうこともあるのです。『人間失格』も小説ですから全部が全部本当のことではないと僕も重々承知していますが、どれだけ視野が広いのかと驚かされます。子供という弱い立場であるはずの自分が、絶対的な存在であった父親に気を遣いその期待に応えようとする。

そんな子供が大人になり家から勘当され、金もなく、画家にもなれず卑猥な挿画を描いて生活をしのいでいる。「人間で無くなりました」「ただ、一さいは過ぎて行きます」という境地になってさえも、それを受け入れる。誰の助けも求めない。あらゆる期待に応えようとする。

『人間失格』の中では堀木正雄という登場人物だけが嫌なやつの役割を果たしているんですが、それ以外は太宰の小説に完全な悪人は出てきません。主人公が駄目に見えるように書かれていることが多い。それも愛があるなあと僕は思います。

太宰は優しいからこそ想像力を持てた。この立場の人間はどう考えるのか。自己批判的な目線も持っています。いろいろな立場に立ってものを考えることができて、それが作品になっているように思います。それは僕の考える文学そのものでした。

『斜陽』と『人間失格』

女性独白体は太宰が得意とした手法です。テレビ番組で小説家の高橋源一郎さんにお会いした時、高橋さんがおっしゃっていました。「男性が書くと反発があるようなことも、女性の言葉で書くと、女性が女性のことを言う分にはあり」と。それは確かにあると思います。

『女生徒』や『待つ』といった少女を題材にした作品にはそういう女性性をそこまで感じませんでした。むしろ『ヴィヨンの妻』などの奥さんと太宰の関係を描いたものには、女性から見た男性が鮮烈に描かれています。男の駄目な部分や、ここだけはかわいげがあるということを女性の目線から書かれると説得力があります。逆に男性の側から書くとめちゃくちゃ恥ずかしいことになります。

その一方で『きりぎりす』という女性独白の小説があります。なんの救いようもない、読んでいて怖くなるくらいの画家の妻による告白体の小説です。太宰は決して自己肯定のために女性独白体を使っていたわけではありません。「僕は弱いんです」では世の中に通用しない。「知らんがな」で終わらないための文学的工夫として女性独白体を使っていました。男とは、女とはこういうものであると自分の考えを押し付けるためのものではなく、フラットにリアルに人間を描き、読んでもらうための作業だったのだと思います。

『斜陽』でも、語り手の弟・直治はコテンパンにイタい男のように書かれています。だけど彼の青臭いような言葉が、彼なりに体重が乗っているから響くんです。あれを「中二病」という簡単な言葉では終わらせなくていい。直治の青臭さを、僕はずっと信じています。

世の中は直治の青臭さは受け入れないし、女性から見たら許せない愚かなことであることはわかっているから、太宰は女性目線で直治を描いています。しかし太宰は直治を女性に翻弄される人物としては描いていません。太宰は熱を持って、ある真実を直治に託しています。

太宰は昔の自分の考えていたことを、実はそこまで恥ずかしいとも思っていなかったんじゃないでしょうか。その瞬間、その年齢の自分が下した判断を疑っていなかったのだと思います。年をとって「そんな青臭いこと言うな」とか「大人になったらもっといろいろなことがある」なんてことは誰にでも言えます。でも、その時、その空間で直治が発する言葉は直治にとっての正義ですから、そこは揺るぎないと思うんです。もちろん読者がそれをどう思うかは自由です。

『斜陽』は、『待つ』や『恥』、これまでの女性独白体の総決算とよべる作品だと思います。母親については性別を超えた美しさを描いています。信じるものがある、真っすぐな女性に対する太宰の憧れのようなものを感じます。『斜陽』が母親の話で『人間失格』が父親の話なのかもしれません。

『人間失格』の中で主人公は問いかけます。

「神に問う。信頼は罪なりや」

この言葉は太宰の人生観に近いと僕は思います。人を信じること。悪い人はいないと思っていること。それ自体が罪なのか。太宰はある時期から聖書を読み込んでいました。『人間失格』は太宰にとって聖書だったのでしょうか。仮に罪の反対語を、罪を背負う存在＝キリストと置いてみます。つまり『人間失格』とは、あらゆる人間を背負う、人間であらざるものと解釈できます。

太宰が育ててきた女性観の集大成が『斜陽』だとしたら、太宰治というか最も津島修治に近い価値観の集大成が『人間失格』なのでしょう。

何もないことが武器

太宰に『善蔵を思う』という短編があります。

主人公がおばちゃんの花売りから薔薇を買います。別に薔薇なんていらないのですが、断るのも気まずく結局は買ってしまいます。彼はその後買ったことをひどく後悔し、奥さんからも駄目出しされ、凹みます。そこへ植物に詳しい友達が遊びに来て、その薔薇を見ていい買い物をしたと言われ、気持ちがガラッと変わります。騙されたと思っていたけど実はそうではなかったのだ。最後は「私は心の王者だ」とまで言い切っています。

あれだけ凹んでいたのに、一気にそこまで飛躍できる感受性ってすごいと思いました。独房から見た青空みたいな全能感。読んでいる方も、アホだなあとは思いながらも楽になります。嬉しくなります。

その感覚を持っている太宰が自ら死んでしまいました。

その夜は、もう運が悪かったとしか言いようがありません。誰かが気づいて止めることができたら、太宰も一緒にいた山崎富栄さんも、もしかしたら数日後にめちゃくちゃ楽しいことが待っていたかもしれない。

太宰は『斜陽』の印税が入り、まわりの人間におごりまくっていました。その後、税務署から税金を納めろという連絡があった時、お金が一銭もない状態でした。それでも太宰は外に出ていったらおごらなければならない。『善蔵を思う』の主人公が太宰の投影であるのなら、彼はまわりに本当のことは言わなかったでしょう。中には、太宰の死は金銭的な問題だったのではないかという説があります。太宰はその夜、もう駄目だと思ってしまったのでしょうか。

その先に『善蔵を思う』のような救いが欲しかったと思います。あんな感受性を持ちえた太宰は、本来死を選ぶはずはなかったのではないでしょうか。まわりに話して借りることもできたかもしれません。分割で払うこともできたかもしれません。本当に、その夜だけ乗り越えていたらと思います。

『斜陽』、『人間失格』というとんでもない傑作を書き上げ、もう書くことがなくなってしまったのではないかという意見もあります。でも太宰は、『懶惰の歌留多』も『東京八景』も書いた作家です。『斜陽』と『人間失格』を書いたがために小説が書けなくなりましたという小説を書けると思うんです。

『東京八景』は書き上げると宣言した上で、まとまり切れずに終わります。太宰は恥をかける作風を持っていました。「書けない」と言える、言われることは太宰の芸のうちなのではないかと思います。その発想を持っていたらいくらでも書けたんじゃないかなと、僕には思えるんです。

あの夜、六月十三日さえ乗り切っていたら、「全部嘘でした」ができたかもしれない。それが五回目の自殺未遂になっていたかもしれない。でもいろいろ整いすぎたんでしょうか。ふたりは、その夜はどうすることもできなかったのかもしれません。

その夜を乗り越えないと駄目なんです。

死にたくなるほど苦しい夜には、これは次に楽しいことがある時までのフリなのだと信じるようにしている。のどが渇いてる時の方が、水は美味い。忙しい時の方が、休日が嬉しい。苦しい人生の方が、たとえ一瞬だとしても、誰よりも重みのある幸福を感受できると信じている。その瞬間が来るのは明日かもしれないし、死ぬ間際かもしれない。その瞬間を逃さないために生きようと思う。得体の知れない化物に殺されてたまるかと思う。反対に、街角で待ち伏せして、追ってきた化物を「ばぁ」と驚かせてやるのだ。そして、化物の背後にまわり、こちょこちょと脇をくすぐってやるのだ。

（又吉直樹『東京百景』「九十九　昔のノート」）

自著『東京百景』の九十九番目の文章に書きました。その夜さえ乗り越えれば、僕は「ダウンタウンDX」でむちゃくちゃ笑いを取っているジジイの太宰や、明石家さんまさんと番組で絡んでいる太宰が想像できるんです。

『待つ』という短編もぜひ読んでもらいたいです。少女がただただ駅前で何かを待っていて、自分も何を待っているかよくわからない。あそこまで答えがないのにおもしろい。

『東京八景』の中にある「人間のプライドの窮極の立脚点は、あれにも、これにも死ぬほど苦しんだ事があります、と言い切れる自覚ではないか」という言葉がすごく好きです。太宰のすべてを表している言葉のように思えます。

太宰は何もないということが武器だった。それが一番強いと思います。

二十代前半で初めて『東京八景』を読んで、東京で十年過ごした後にまた読み返した時、この小説は僕に全然違う響き方をしました。僕はいつも気づくのが遅いんです。何もないことを武器にできる。そこにプライドを持つことができる。これは誰でも持てる武器です。

ちょっとだけ時間はかかりますが、十年くらい人生を棒に振ったら、「人生十年棒に振った」という武器を手にすることができます。この強さはなかなか誰にでも持てるものではありません。僕にとってこれは大事な言葉になりました。

第5章

なぜ近代文学を読むのか

——答えは自分の中にしかない

芥川龍之介――初めて全作品を読んだ作家

芥川龍之介が好きです。初めて全作品を読んだ作家が芥川でした。

太宰治は新潮文庫の古本で集めていったのですが、芥川だけはもう我慢できなくて、古本だけではなく、持っていた図書券を使い果たして、新潮文庫の新刊を中心にちくま文庫で補いながら全部買い揃えました。すべて読んだのは上京し、養成所を卒業し、芸人一年目の頃だったと思います。仕事で一ヵ月半北海道に行っていたことがあるのですが、その時に芥川ばかり持って行き、合間の時間はずっと読んでいました。

芥川の作品は精巧で完成度が高いですよね。技巧派で論理的。古典から着想を得たものを書いているということもありますが、作品一つひとつが端正なんです。特に初期の頃にそういう特徴が出ていて、時間が経つにつれ作品に変化が見られ、晩年になるとまた雰囲気が変わるのですが。

芥川は太宰よりもわかりやすい。人によるのかもしれないですが、僕にとって太宰は、いろいろ解釈ができるから難しい部分もある。そこが太宰を好きな人と嫌いな人が分かれるポイントかもしれません。

しかし芥川は、『羅生門』も『トロッコ』も『蜜柑』も、読後、読者それぞれが違った見方をすることができるかもしれないですが、答えは作者によって用意されています。だから教科書に載りやすいし、理解もしやすい。学校の先生も教えやすいと思います。ちゃんと物語に出口があり、それなりに物語に光が射しているようにも解釈できます。

ただ光が射すまで、血だらけでいっていいるなと思います。『羅生門』は怖い話でした。死体から髪の毛むしるとか、想像するとすごく怖かった。『トロッコ』もやっぱり怖い。芥川の小説には恐怖や、強烈な哀愁がありました。

『蜜柑』もぜひお薦めしたい作品です。とても短い小説です。昔読んだ時はいい話だったという印象だけが残ったのですが、読み返してみると、出てくる女の子に対する芥川の目線がけっこう残酷なんです。

他にも、『羅生門』に出てくる登場人物は全員嫌なやつです。小説の登場人物がいいやつである必要はありません。僕にとっておもしろい小説の登場人物とは欠点があり人間的なやつです。あるいはまったく欠点のない変なやつなのかもしれません。小説の中のそういう人間達が、どういう言葉を吐き、どう行動し、どう生きるかを見つめることが、僕にとっては重要なことです。

『戯作三昧』——自分を外に連れ出す瞬間

『火花』で芥川賞を受賞した後、文芸誌『文學界』(二〇一五年九月号)で「芥川龍之介への手紙」という文章を書きました。そのために、芥川の作品をまとめて読み返したのですが、芥川に大きな影響を受けていたことを改めて実感しました。

『戯作三昧』という小説があります。芥川で一番繰り返し読んだ作品かもしれません。『戯作三昧』で主人公の戯作者・滝沢馬琴が言っていることと『火花』の中で書いていることが自分の中で重なります。

馬琴は作中、すごく嫌な目に遭う。まわりからの自分の作品の評価は低いし、銭湯では馬琴がいることを知りながらわざと聞こえるように悪口を言われる。今でもまったく通用する感覚で、昔からこの感じがあったのかと思いました。芥川自身も馬琴に自らを投影しているでしょうから、彼も当時様々な評にさらされ、しんどかったのだろうと想像します。

『戯作三昧』というタイトルがまず好きです。戯作とは通俗的な読み物ということでしょうから、つまり僕ら芸人がやっているようなことと近い。それを三昧ですから、大衆に向けた作品をずっと書いているということです。

芥川が描くのは、後に代表作となる『南総里見八犬伝』を書き上げる前の馬琴です。思うように自分の作品が書けない。世間からはたいした作品を書いていないとか、あいつは終わったとかディスられています。

馬琴は葛藤します。しかしそこから、戯作者としてテンションを持ち直すまでの道が描かれます。ラストはやっぱり、物を書いたりする人間からしたら救われる感動的なシーンです。あれを読んだら何かやってみようと思うような、素晴らしい終わり方です。

世の中の声にはどうしても左右されてしまう。褒められたら調子に乗るし、怒られたら凹みます。でも作らなければならないという状況にある時、まわりの評価に惑わされたり傷ついたり喜んだりしたからといって、おもしろい作品が書けるとは限りません。そこから出なければなりません。

僕もネタを作る時や、文章を書く時に、書けない時はあります。書くことは思いつくけど、気分が沈んで筆が前に進まない。しょうもないことですけど、人間関係に悩んでいたり、体調が悪かったりします。

夜中、書くことを一旦やめ、なんにも考えずに街を散歩します。目的もなく、ただひたすら歩きます。歩いていると街のどこかで、音楽が聴こえてきたり、風がバッと吹いてきたりします。長い車酔いから醒めたように、急にスーッと爽快感を得る瞬間があります。

自然の力が大きいかもしれません。風が吹いてきたり、星や月を眺めたりしていると、体を覆っている膜のようなものが剝がれる瞬間があります。その時創作意欲が一気に湧いてくるんです。このような瞬間はどのように得られるのか。人によっていろいろあるのでしょうが、僕の場合それは散歩の中にあることが多い。

『戯作三昧』の中の馬琴は、ずっと鬱の状態にあります。書けません。まわりに文句を言われます。読んでいてしんどいぐらい言われます。でもそこから、人間や世間みたいなものを超越して、全能感を体にみなぎらせる瞬間を描いています。

自分が馬琴と同じような状態の時にこれを読むと、そこから脱出させてくれる、外に連れていってくれるんです。何か大きな力に背中を押されているような、そういうものを感じられる小説だと思います。

太宰も『懶惰の歌留多』や『東京八景』で、創作する渦中を一人称で書く小説を書いています。でも太宰は不良だから、なんかおもしろいんです。現代では、中原昌也さんがそういう文章を書いていますが、笑えるし、それ自体がエンタテインメントになっています。

でも、芥川の場合は読んでいて悲惨なんです。辛くなってきます。太宰は悪口を言われていても、「また言われてはる」と何か笑えます。その余裕が芥川にはありません。太宰自身は余裕がなかった可能性はありますが、まわりからは何を言われても揺るがない大きさがあるように見えます。一方で芥川は割れ物のようで、「もう言わないであげて」と思わせます。

僕は本当は太宰みたいになりたいんです。笑ってもらった方が楽なのですが、笑ってもらえない時が多々あります。自分でも笑えない時がある。だから芥川の気持ちがよくわかります。

『戯作三昧』はいつ読んでも共感するし思うところが多い小説ですが、今回読み返して僕にとっては今が一番合うかもしれないと思いました。芥川の創作に対する気持ち、肉声みたいなものが手に取るようにわかり、自分には響きました。

『或阿呆の一生』——完全な一瞬は一度だけではない

二〇〇二年、最初に組んだコンビ、線香花火の初単独ライブがありました。そのライブの冒頭で僕は、芥川の『或阿呆の一生』の最初の章「時代」を暗闇の中で絶叫しながら朗読しました。ラストの方に「人生は一行《いちぎょう》のボオドレエルにも若《し》かない」という一文があるあの文章です。

全部読むとけっこう長い時間になります。読み終えるとお客さんもザワザワしていました。その後舞台上にいる僕が「こんな感じで観て下さい」と言ってライブが始まりました。

『或阿呆の一生』は中学時代から好きな小説でした。線香花火として三回目の単独ライブの時、オープニングのVTRで自分達の好きな言葉をひとつずつ出しました。相方の原も何か出して、僕はコンビ名の「線香花火」にかけていたと思うのですが、「永遠に続くものほど退屈なものはない」という言葉を出しました。そのライブの後、線香花火はすぐに解散します。その言葉も芥川の影響を受けていたのだと思います。

彼は人生を見渡しても、何も特に欲しいものはなかった。が、この紫色の火花だけは、――凄《すさ》まじい空中の火花だけは命と取り換えてもつかまえたかった。

(芥川龍之介『或阿呆の一生』「火花」)

『或阿呆の一生』の中の「火花」の章のこの一節は、もう完全に忘れていました。もちろん言葉も知っていましたし、芥川と言えばというほど有名なフレーズですが。線香花火の名前の由来になったきっかけのひとつでもあります。にもかかわらず忘れていました。

書き終えた小説のタイトルをどうしようかと編集の方としゃべっている時、〝火花〟という言葉が場に出たんです。その時、「そういえば芥川の『或阿呆の一生』の中にもありましたね」という話になりました。あの言葉は覚えていたのですが、それを含む章のタイトルが「火花」であるとはまったく頭にありませんでした。

できすぎだと思いました。『或阿呆の一生』と「あほんだら」という神谷のコンビ名。「火花」と「スパークス」という徳永のコンビ名。

自著『東京百景』の中の芥川について書いた章でも、「芥川が描くスパークする刹那の輝きに強く惹かれる。完全は一瞬にだけ宿るのかもしれない」と書いています。これも言われるまでまったく忘れていました。何度も芥川の小説を読んでいたので、僕の中にもずっとそのイメージがあったのかもしれません。

芥川は『或阿呆の一生』を書いた後、自殺します。

僕は「完全は一瞬にだけ宿る」と思っています。本当にそうだと思います。でもその完全を含んだ一瞬は、一度だけではないと思っています。その瞬間が何度もあると思っているから生きていけます。芥川はそういうふうには考えていなかったのかな。僕はかなり都合良く考えているのかもしれません。

芥川は『侏儒の言葉』の「神」の章で、「あらゆる神の属性中、最も神のために同情するのは神には自殺の出来ないことである」と書いています。一見、自殺に対する憧れのような文章にも思えますが、この世界を創造した神が絶望していると規定しているわけですから、簡単な文章ではありません。神が絶望しない世界を創造できてさえいれば、芥川自身の人生も変わるわけです。僕には「死」ではない、それ以外の出口を探している文章として読めます。やっぱり芥川は自殺するのは怖かったんだと僕は思っています。怖いから死ねませんでした。でもこんなんだったら、終わった方が楽だな。その狭間で揺れ動いていた。でもそれがどこかで越えてしまった。

その恐怖感だけは僕もあります。そんな時が来たらどうしようと。落ちている時、あるいは逆にハイになっている時に想像してしまう時があります。今ここで死んだらどうなるのか。いや、あかんあかん。いや、違う。怖い怖い、と思い直します。その時に怖いと思えない瞬間が、芥川には来てしまったのでしょうか。

芥川のような、これだけ才能があって、こんな小説を書いた人なのだから、そういう自分の気持ちを解体して、この「死にたい」は、文学で言ったらどういう言葉なんだろうと、そのことを小説で書いて欲しかったと思います。

『河童』という小説の中で、芥川は河童の世界を哲学や芸術の話をしたりする理想の世界として描いています。父親の河童が母親の河童の生殖器に口をつけて、お腹の中にいる、生まれてくる河童に呼びかけます。「お前はこの世界へ生れて来るかどうか、よく考えた上で返事をしろ」子供が生まれて来るのをやめると言ったらお腹の中から消されるというシーンを描きます。これは芥川の死生観だと思います。自分は生まれてきたくて生まれてきたのではないと。

でもそれは自殺ではありません。生まれて来ないというのは自殺ではない。芥川はこの世に生まれてきました。そして生に意思を持っていたと僕は思っています。相当追い込まれてしまっていたのでしょうか。『歯車』という小説で、自分のドッペルゲンガーが存在しているように思わせる記述があります。芥川はそんなことを書いて注目を浴びようとするタイプの人間ではありません。でも見えちゃったのかな。

相当ボロボロだったのでしょうね。

それを文学で昇華させるものを僕は読みたかった。太宰にも書いて欲しかった。彼らが生きていたら、あの時死のうとした自分を青臭いと笑ったのか。でも、これほどリアルな感覚を持っていた人達だからきっと笑わなかったんじゃないかと思います。じゃあなんて言ったのだろう。その言葉を読んでみたかったです。

夏目漱石『それから』――美意識とリアリティ

最初に読んだ夏目漱石の小説は『こころ』です。教科書に載っていた「先生と私」の章を読みました。すぐに全部を読みたいと思い、買ったか借りたかして読みました。最初の頃、僕が読んだ近代文学は暗いものばかりでした。漱石なら、なぜ『坊っちゃん』じゃなかったのか。中島敦の『山月記』もそうです。僕は文学には笑いよりも、人間のシリアスな部分を描くものにひかれていきました。

『こころ』は言葉が格好良かった。私が田舎に引っ込んでいる時、先生から手紙が来て東京に帰りたくなります。こんなところにいたら駄目だ。その時の私の描写。「活動活動と打ちつづける鼓動を聞いた」その文章がすごく格好良かった。そして、すごくよくわかりました。

他の言葉でも良いのに、漱石はあえて「活動」という言葉を置きます。ちょっとどんくささもあるけどリアリティがあります。僕も大阪の実家に帰る度に思います。母親の優しさに触れ実家のぬるい空気を吸うと、甘えが出てきます。東京へ戻って戦うのが、めちゃくちゃしんどく感じて怖くなってきます。ここで一日休むことが、東京で一ヵ月休むのと同じくらいの時間に感じます。焦り出してくるんです。

だから僕はいつも、親の顔を見たら泊まらずにすぐ実家を出ます。その時いつも「活動活動と打ちつづける鼓動を聞いた」という言葉が浮かびます。家を出た瞬間、脱皮した感覚になります。家族は好きだし、家が嫌いなわけではないんですが、家を出るとすごく解放感がある。その風景、気持ちを一言で表す言葉です。

『坊っちゃん』も『吾輩は猫である』もめちゃくちゃおもしろい。でも僕は漱石でいうとやっぱり『こころ』や『それから』や『門』、そして『草枕』のようなシリアスな小説が好きです。芸人の僕が言うと変かもしれませんが、文学では笑える方が偉いという風潮があるような気がします。でも別に、深刻な小説が悪いということはありません。いつでも、なんでもかんでも笑いとばす必要はない。最終的にいつか笑えたらいいでしょう。

漱石は印象的な文章が多いですね。『それから』のラストが好きです。めちゃくちゃ格好良い。「忽《たちま》ち赤い郵便筒が眼に付いた」という文章で始まり、赤のイメージで言葉をつないでいきます。漱石こそ美意識が高いと思います。そしてすごくクサいことを言ってもそれに成功しています。「活動活動」も他の言葉では恐らく駄目なんです。美意識とリアリティの絶妙なバランスから選ばれた言葉だと思います。

『夢十夜』も好きです。「こんな夢を見た」で始まるショートショートのような十編。もう第一夜から持っていかれました。才能が爆発していますね。

『坊っちゃん』、『吾輩は猫である』もおもしろいんですけど、ボケという観点で言うと、僕は『夢十夜』が一番すごいと思います。ボケのセンス、大喜利のセンスがかなり高い。ないものを言葉であるようにするのって本当に難しいです。

『草枕』は作中で語られる芸術論も好きだし、『それから』と共に終わり方が素晴らしい作品だと思います。書かれているテーマをすべて回収するすごい括り方です。

谷崎潤一郎『痴人の愛』――文学にもボケがある

芥川や漱石は文体が近代文学のものでした。谷崎潤一郎の『痴人の愛』を読んだ時は驚きました。まず文体が現代的でむちゃくちゃ読みやすかったのです。『細雪』『春琴抄』は少し難しくなるんですが、『痴人の愛』は読みやすいし、内容が気持ち悪くて衝撃を受けました。この小説が好きだと言っていいのかわかりませんが、とにかくおもしろいと思いました。それまで読んでいたものと全然違いました。

読んでいて怖くなったんです。主人公が理想の女性に育てたいと思い引き取った少女・ナオミが徐々に変わっていき、正体を現していきます。男はどんどんナオミにひかれてゆきます。

初めて読んだのが十九歳でした。当時は恋愛経験もほとんどありませんでした。もちろんここで描かれているような恋愛体験はしていません。ナオミが年頃になってどんどん奔放になってゆく。同世代の男達と遊んでいる時に、どんな様子なのかときどき描写されますが、具体的には示されず、気配しか書かれません。そこが怖かった。ドキドキしながら読み進めました。

一番嫌でおもしろかったシーンが、ナオミの友達が主人公に「あいつ（ナオミ）がみんなになんて呼ばれてるか知ってる？」と言うところです。その後は書かれないのですが、書かれるよりもっと嫌です。想像がめぐり、胸が締めつけられる。「最悪や」と思うのですが、ここで描かれる人間が読みたくて、引き込まれました。『痴人の愛』の文庫本をラーメン屋のカウンターの下に忘れてしまって、慌てて取りに行ったことがあります。タイトルも過激ですから恥ずかしかったんです。

次に『春琴抄』を読みますが、これも好きです。ドキュメンタリーのように始まる構造もおもしろい。構成もすごいんですが、改行をせずに進み、改行前の文章に句点「。」が打たれない。文章への意識もすごく高い。

そして何よりその恋愛観、性愛感――『春琴抄』はその究極の形だと思いました。盲目の地唄の師匠・春琴とその弟子・佐助の主従関係。ふたりの外的環境には様々変化が起こりますが、ふたりの関係性は変わりません。そして、ある日春琴に事件が降りかかります。その後に佐助の取った行動。このシーンは近代文学の名場面のひとつだと思います。衝撃以外の何物でもありませんでした。読む人によって全然違う感想を持つのではないかと思います。

変態性が一番出ているのは『瘋癲《ふうてん》老人日記』でしょうか。自分が死んだら、お墓を女性の足の形に作って欲しい。そうすれば女性にずっと踏んでもらうことができる。おもしろい人です。ボケてます。そして、ボケにしてもかなりおもしろいことをおっしゃる。

今「ボケ」という言葉を使いましたが、「ボケ」はその人が本当に思っているから成立します。漫才のボケは、ボケが本当に思っていることを言うのがベストだと僕は思います。漫才で苦労するのは、「そんなこと本当に思っているわけないだろ」と思われることです。だから本当に思っていなければいけません。少なくともそれを嘘だと感じさせてはいけません。なかなか簡単にはできません。

笑いにも文学にも素晴らしいボケがあります。ありえないと思われることを本当にあるものだと信じさせる力がある言葉と語り口。僕はそんな谷崎のボケにひかれてしまいます。

三島由紀夫と太宰治

三島由紀夫は『午後の曳航』が好きでした。主人公が海の近くに母親とふたりで住んでいて、母親が航海士とセックスしているのを覗くシーンがまず印象的でした。少年犯罪についても考えさせられ、共感とは違いましたが、自分の中の視点が増えるという意味でおもしろかったです。

以前、オリエンタルラジオのあっちゃん（中田敦彦）に聞かれたことがあります。「又吉さんってすごい得ですよね。嫌われないし、何か許される。どうやってそういう隙を作るんですか」と。それに対して「俺は太宰で、あっちゃんは三島なんだ」という話をしました。あくまでもサッカー少年が「俺、マラドーナ！」と言うような感覚ですよ。

あっちゃんは失敗が許されません。当時の僕は失敗だけで笑いを取っていました。何もできなくていい、下手でいい。「何してんねん」と言われ続ける人間でした。それが太宰です。三島は太宰のことを毛嫌いしていました。まったく正反対だと思われていました。でも僕は、三島と太宰はすごく似ていると思っています。『金閣寺』を読むと、言葉の一つひとつが装飾されていて美しい。美しい言葉で、人間のどうしようもない感情を、突き詰めて執拗に描いています。

三島も太宰も傷つきやすく、人間として弱い部分があります。太宰はその弱い部分を、平凡な言い方をしたら武器にしました。俺は駄目な人間だと言って許されようとしました。それはそれでしんどいことですが、太宰はその方法を取りました。一方三島は、太宰のそういう軟弱なところが許せなかった。堅牢な文章を書き、筋トレして体まで鍛えました。

あっちゃんも元々学生時代はモテなかったし、頭がいいし、「武勇伝」というまわりから自分自身が称賛されるというネタを作っていました。でも僕のような人間とも話が合うし、不器用なおもしろいところもたくさんありました。本人はそこをあまり気づいていないけど、芸人としてすごく魅力的な部分だという意味で、「あっちゃんは三島だ」と言いました。繰り返しますが、あくまでもサッカー少年が「俺、マラドーナ！」と遊びで言うような感覚ですよ。

三島と太宰はそれぞれ自分にコンプレックスを持っていました。それを武器にする太宰と体を鍛えて跳ね返す三島。三島はさらに映画に出て、写真集でセミヌードも撮られます。だから、まわりからはちょっといじられていて、おもしろく思われていたと思います。あっちゃんもいずれそうなったら、本当はおもしろいと思うという話をしました。

あっちゃんの『芸人前夜』を読んだ時、これは近代文学だと思いました。彼はこの小説を笑いで書いていません。

目線をあげると、ホワイトボードに大きく字が書き込まれていた。

「アピールタイム一人三十秒。コンビは一分。」

事前予告なし、面接開始三分前。

突然の「なんかやれよ」宣告に会場は騒然となった。

「ねえ、あっちゃんの言った通りだったね。」

「ああ、俺たちは準備している。」

数日前から、一分きっかりの漫才を僕らは百回くらい公園で練習してきていた。情報戦を制する者が世界を制する。僕はニヤつきを止められなかった。

「よく知ってたね。アピールタイムがあること。」

「たとえば新撰組に入ろうとしているやつが、刀を持たずに来るとしたら、そいつは何だ？」

「馬鹿だね。」

「俺らの勝ちだ。」

（中田敦彦『芸人前夜』）


僕はここを読んでいてめちゃくちゃ笑いました。そうあっちゃんに言ったら、「え、ほんとですか？　僕、別におもしろいと思って書いてなかったんですけど」と不思議そうに言っていました。あっちゃんは本気で思っていることを書いていました。だからこそおもしろいんです。

ウケ狙いじゃなくてガチかもしれない。それはひとつの理想のボケだと思っています。自分で一切ツッコミを入れず、若くて愚かだった自分の信じていることを書いています。かなりレベルの高いことをやっていると思いました。

あっちゃんのプレゼンは完成度が高くて爆発的な笑いを起こします。あれをできるやつはいません。失敗して笑うんじゃなくて、すごすぎて笑う。新しいパターンの笑いです。僕にとって三島の小説にもそういうおもしろさがあります。

織田作之助『夫婦善哉』——描写で語る小説の力

織田作之助は太宰治と共に無頼派の作家として括られることがありますが、そのおもしろさは太宰とも全然違います。織田作は普通の人間の、本当にそのままの生身の人間を書いているように感じます。真剣にありのままを書いているからグッときます。『夫婦善哉』も僕にはお尻がかゆくなるような話です。『夫婦善哉』は僕の持っている大阪のイメージそのものです。

僕が育ってきた中で思う大阪の人は、集団だったりすると、過剰なほど大阪を演じようとしてしまうとこがあるのですが、一対一になった時は人懐こくて、めちゃめちゃ優しいという印象です。それでいて、言葉は難しいんですが、愚かなんです。僕にとって、愚かとはめちゃめちゃ格好良いということなんですが。織田作の短編に出てくる人達って、みんなみっともないんです。それを美しいと感じます。『競馬』の主人公も、「わしと共鳴せえへんか」と口説く『夫婦善哉』の主人公も、なんか笑ってしまいます。

西加奈子さんが小説『通天閣』で織田作之助賞を受賞されていますが、笑い飯の哲夫さんとある時、『通天閣』の話になりました。

ジジイは、列が進んだことに気付かず、一台分の間隔をあけたまま停車しているタクシーがあると、嬉しそうに近づいて行き、窓を叩いて運転手に知らせる。

「前、空いてまっせ。」

奴がしているのはそれだけだ。一日中そこに立って、それだけ。中には顔見知りになった運転手もいて、窓を開けてジジイに話しかけたりもしているが、ジジイはガードレールを離れない。適当に挨拶を交わし、あとはまた、列に滞りが無いか見張っている。誰に頼まれているのでもないだろう。ただの、頭のおかしいジジイだ。どうやって生活しているのかは知らない。でもジジイは、毎日毎日そこに立っている。

（西加奈子『通天閣』）

哲夫さんはこの部分がめちゃくちゃおもしろかったと言っていました。そこを発見する哲夫さんもすごいし、そこを書いている西さんもすごい。これが僕の大阪のイメージです。

先日、新大阪の新幹線の改札でまさしく同じような状況に遭いました。改札にずっと小学生くらいの男の子がいました。彼はそこで切符の取り忘れをチェックしています。中には在来線に乗り換えをしないからわざと忘れている人もいるんですが、彼はずーっと改札で切符の取り忘れをチェックし、発見すると追いかけて「忘れていますよ」と届ける。めっちゃおもしろくてずっと見ていました。

その少年も、西さんが『通天閣』で書いているのも、全部優しさです。誰も喜ばない優しさ。そういうものが織田作の小説を読んでいると感じられます。

ぜんざいを註文《ちゅうもん》すると、女夫《めおと》の意味で一人に二杯ずつ持って来た。碁盤《ごばん》の目の敷畳に腰をかけ、スウスウと高い音を立てて啜《すす》りながら柳吉は言った。「こ、こ、この善哉《ぜんざい》はなんで、二、二、二杯ずつ持って来よるか知ってるか、知らんやろ。こら昔何とか大夫《だゆう》ちう浄瑠璃のお師匠はんがひらいた店でな、一杯山盛《やまもり》にするより、ちょっとずつ二杯にする方が沢山《ぎょうさん》はいってるように見えるやろ、そこをうまいこと考えよったのや」蝶子は「一人より女夫の方がええいうことでっしゃろ」ぽんと襟を突き上げると肩が大きく揺れた。蝶子はめっきり肥えて、そこの座蒲団が尻にかくれるくらいであった。

（織田作之助『夫婦善哉』）

夫婦がふたりで善哉を食べています。何も説明していないけど、男と女ってこうやって一緒にいるよなと思います。僕も両親を見ていても、ふたりはなんのために一緒にいるのかなと思うことがありました。でもこうやって夫婦がただ一緒に食べている風景を読むと、一緒にいるのはすごく当然なことだと思えます。こういうもんやなと。

駄目な男と頑張る女。いろいろあった末に最後、ふたりが食べているシーンで終わります。このシーンが好きなんです。説明などないのに風景に説得力がある。これが小説の力だと思いました。

上林暁『星を撒いた街』——底辺から世界を見る

近代文学の中でも、例えば上林暁《かんばやし》という作家は若い頃でなく、ここ何年かの間に読みました。二〇一一年、夏葉社という出版社が復刻した上林暁傑作小説集『星を撒いた街』（山本善行撰）によりその存在を知りました。

上林は芥川に傾倒しており、同時代には太宰がいました。自ら書いていますが、まわりからも破格の天才とはされていなかった、いわゆる国語の便覧には載らない作家です。しかし上林暁を読むと、彼の私小説も、日本の文学のひとつの王道だと感じました。

僕は小説の中の風景描写が好きです。風景描写は登場人物の心理と絡んでいます。映画でもシーンごと曲調の違う曲がつけられます。小説でも人物の心理と風景が一体となっている瞬間があります。その時の文章の強さが僕は好きです。

上林暁の『星を撒いた街』や『花の精』という小説は、風景が、主人公の心理描写の補足になっていません。真理と風景は一体となり、最終的には風景の方が主役になっています。こんな小説もあるんだと知りました。

上林は当時、めちゃくちゃ本が売れていた小説家ではなかったはずです。でもそれは、すごく重要なことじゃないかと思うのです。売れなかった小説がしょうもないものかというと、絶対にそんなことはありません。おもしろいものはおもしろい。何をもっておもしろいとするかということです。音楽も、バンド全員の演奏がむちゃくちゃ上手いから刺さるわけではありません。下手だけど、何か響くものがある音楽があります。

売れていないということ、そしてかつて売れなかった時間を持っていたことは、僕は重要だと思っています。表現として合っているかどうかわかりませんが、社会の底辺から世界を見た時の目線には強い説得力があります。世に出て作品を評価された後、それでもなおみんなを唸《うな》らせる小説、音楽を出し続けられる人こそ、本当に破格の才能だと思います。

太宰治も最初は売れていませんでした。売れたのは『斜陽』から、もう晩年です。そう考えると、世に出ていない作家の作品に優れたものが多い可能性はやっぱりありますよね。芥川や太宰が、その感覚を失っていないと思えるのは、売れていなかった時期が長いのか、元々彼らが持っているものなのでしょうか。そういう視点を持っているかどうかは重要だと思います。上林の作品にもそれを感じます。

僕が今、お笑いのトークライブでしゃべることは、芥川賞の授賞式のことやロケで海外に行ったこと、そういう大きなトピックになります。お客さんの興味としてもそれがいいと思って話しています。

でも昔、僕はブログやエッセイで、毎日ほぼ同じ日々の中でむちゃくちゃ細かいポンと浮上した感覚や、ポンと凹んだ感情について書いていました。当時の僕は、何万人の人からもあいつはおもしろくないとも言われていないし、何万人の人からもあいつはおもしろいとも言われていません。知り合いが十人いるかいないかで、一週間の内、一体何人としゃべったかどうかという世界の中で生きていました。

そんな中、自分の意識に上ってきたことを書いていました。引きはありませんが、そっちの方がおもしろかった可能性は高いと思っています。心の、すごい小さなところを描かざるを得ません。焦っていたし、悔しさもあったでしょう。しかしその怨念みたいなものが、文章を書くための、漫才やコントを作るためのモチベーションになっていたことは確かです。

今、これだけ非正規雇用の人がいるとか、若者が就職難だというニュースがあります。当時の自分はそれすら実感がありませんでした。芸人で仕事もなく、バイトさえ受かりませんでした。お金を目にしない世界です。でも今より、そっちの方がやっぱりおもしろいことは起こりやすかったと思います。

上の世代は家族を持って、マイホームがあって、車に乗っています。でも僕達の世代はまったくそこまで辿りついていません。いつになったら大人になれるのか、不安を抱えながら生きていました。同世代の人がこの先、小説や映画で僕達の時代のことを表現したらやはりおもしろくなると思います。いつの時代にも、その時代時代で切実なことはあります。近代文学が描いた葛藤を、今の時代でもきっと書けると思っています。もっと複雑な葛藤になるかもしれません。

本の中に答えはない

僕はなぜこんなに近代文学にはまったのでしょうか。

こんなことを考えていいんだ、というのがひとつあると思います。自分ひとりで考え続けていても何も意味がありませんでした。それは素人の哲学でした。発表する場もないし、まわりに話しても「頭おかしいんちゃうか」で終わってしまう。でも、同じようなことを考えている人間がいました。

太宰を読んでも、芥川を、漱石を読んでも僕が感じるのは、「俺はこんなもんじゃない」という想いです。「もっと認められていいはずだ」という気持ちです。創作だけではなく、本当はこうなりたいという自分とまわりからの評価の違い、自分の置かれている現状と理想の差異、そのギャップにみんな苦しんでいました。それが仕事だけではなく、恋愛やお金と増えていき、苦悩はどんどん膨らんでいきます。彼らはそれらに対して完全な答えは出していません。でも、それぞれどこかには辿りつきます。

それでも生きていきます。

そして抱えてきた秘密をみんなの前で曝《さら》け出します。発表して開き直ります。坂口安吾は『堕落論』で「人は正しく堕ちる道を堕ちきることが必要なのだ」と書きました。太宰は底辺から言葉を吐き出します。何もできないのが武器だと。それらの考えは、そのまま自分にも移植できる言葉でした。でもその言葉をただ持ってきただけでは駄目です。自分が生きてきた人生や生活の実感と結びついて初めて、それは補強されます。だから僕は近代文学にひかれ読み続けてきたのだと思います。

僕は多分そういった苦悩を、難しい言葉で考えてしまっていました。だからまわりと答え合わせしても、「お前、何言ってんの」で終わってしまった。でも本当は、みんなも割と同じようなことを考えていると思います。こうなりたいけど理想通りにはいかないというのは、きっと九割以上の人がそうだと思います。みんなが自分の人生で悩んだり苦しんだりしています。

残りの一割の人のことも僕は疑っています。「俺は人生が自分の思うように進んでいる」「私はそんなに多くも望まないし、今の自分で幸せ」というのも、そういう個人的な宗教だと思っています。そう思う方が楽だから、そう思い込んでいるのかもしれません。宝くじを当てたい。いや絶対当たると思っているのに、外れた時のショックの方が大きいから、絶対外れると思って暮らしているのではないでしょうか。

近代文学の作家達は全員が、宝くじは当たるものだと思って生きてたんじゃないですか。当たると信じてなくても、一応買っておこうという気持ちがあります。今、芸人なんか全員そうです。自分が売れないとわかっているのならやめなければなりません。どれだけ謙遜してみても、みんな自分が売れると思ってやっています。宝くじの一等賞が百パーセント当たることを前提で暮らしている。そして毎日外れている。いつか当たるかもしれないと思い、生きている。

小説家は自分の小説を売るために書いている人ばかりじゃないと思いますが、近いものはありますよね。そういうふうに生きるのはなかなかしんどいことです。だから「毎日が楽しい」「好きなコと手つないで帰ってハッピー」「この人とずっと一緒にいたい」という歌は、慢性的に憂鬱な状態でいる僕達には響きません。悩んで悩んで文句を言っている人の言葉の方が響きやすかった。近代文学は僕にとってまさにそれでした。

一九九九年、僕が上京した頃、不景気の影響もあり、世の中全体がマイナス思考の雰囲気でした。前向き思考の本がむちゃくちゃ売れていました。ということはマイナス思考が蔓延《まんえん》していたということです。何冊か手にしましたが、僕にはどれも響きませんでした。「前向きに生きるためには自分に自信を持とう！」と第一章に平気で書いてあります。いやいや、簡単に言いますが「自分に自信を持とう」という言葉は僕にとって、「翼は無いけど飛んでみよう」と同じくらい難易度の高い言葉です。言葉を尽くしても、そういうことかと了解できる気がしない言葉です。最初の三十ページを読んで自分に自信が持てるわけがありません。最後まで自信を持てない主人公が出てくる小説の方が、よっぽど僕に対しては必要な言葉でした。そしてそれは僕にわずかな自信を授けてくれます。

小説家の高橋源一郎さんにお会いした時、おっしゃっていました。明治、大正の文学者は夏目漱石と森鷗外だけは賢くて、あとはみんな不良、パンクスみたいなやつらだったと。

近代文学は、本は、賢い人達のためにだけあるものではありません。明日からバンドをやろうという人や芸人をやろうという人が読んでもいいものです。むしろ、彼らとの方がめちゃくちゃ相性がいいものです。

かたやパンクスも芸人も、本なんて賢いやつらのもので自分には必要のないものだと思っています。いやいや、あなた達と同じようなやつの、どうしようもないことも書いているのになと思うんです。それが歯がゆい。僕みたいなもんが、学生時代全然勉強もできなかった人間が、芸人と言いながら仕事もなくてコンビニのバイトにさえ落ちている人間が、本を読み、たくさんの言葉に出会い、今日まで生きてきました。

その誤解が大きい。何を言ってもベタになるんですが、本が救いになるとも、完全には言いたくありません。でも本には、自分の考えや葛藤していることへのヒントが必ず出てきます。

新潮文庫の遠藤周作さんの『沈黙』の帯に「人生に必要なのは悟りではなく迷いだと思います」と書かせて頂きました。これが僕の思う文学、本についての気持ちです。『沈黙』は特に葛藤を描いた小説です。むちゃくちゃ理不尽なことでどっちにも行けない主人公が描かれていて、読んでいて苦しいです。でも人生って、こんなことばかりじゃないですか。迷い続けている状態が大事だと思います。

早くゴールに辿りつくことはできない。前向き思考の本に書いてある安易な答えに飛びついても、誰も結果に責任は取ってくれません。小説の主人公は迷っている。答えを出そうと必死になっている。僕達もそれを辿る。そして考える。

本の中に答えはない。答えは自分の中にしかない。僕はそう考えています。

第6章 なぜ現代文学を読むのか

――夜を乗り越える

遠藤周作『沈黙』――疑問に正面から答えてくれた

遠藤周作の『沈黙』は、タイトルも話も完璧だと思います。人間は迷い、神様は沈黙を保つ。もうそれでいいんだと思うしかありませんでした。

母がクリスチャンだったので、実家には三浦綾子さんと遠藤周作さんの本だけはありました。子供の頃からあるなあとは思っていたんですが、難しそうだったから読んでいませんでした。それが、高校時代に他の学校に通う友達の教科書に『沈黙』の一部が載っていたんです。友達がむちゃくちゃ難しくて意味がわからないと言うから、借りて読んでみました。完全に心を持っていかれました。

そこには、僕が子供の頃から抱えてきた宗教に対する疑問と葛藤がすべて書かれていました。驚きました。しかも作者はそのことについて考え抜いています。

子供の頃、祖父や母がクリスチャンだったので、僕も教会に通っていました。小学校に上がる前、僕は洗礼を受けたいと言いました。しかし母は、自分で判断できるようになってから、姉も小学校三年生で洗礼を受けたからその時自分で決めたらいいと言いました。

小学三年生になる前、奈良の大仏を見に行ったり、近所の神社に行ったり、いろいろな出来事があり、自分なりに神様と宗教について考えました。そして三年生になり、まわりからは薦められましたが、自分の判断で洗礼は受けませんでした。

母親とも当時そのことについてずいぶんしゃべりました。キリスト教と仏教は、みんな平等とか世界平和とか、基本的には共通することが多いのに、なぜかそれぞれ宗教が分かれていて、お互いが反発しているように見えました。キリストという人とお釈迦様がたまたまどこかで会ってしゃべったら、絶対喧嘩にならないと思いました。むちゃくちゃ上手くいくはずなのに、その教えを広めていく過程で、方法やシステムができていって二千年が経ち、その末裔《まつえい》の者同士がぶつかっていることが不思議に思えたんです。言っていることは一緒なのに、なぜ宗教が違うのでしょうか。

『沈黙』にはそんな僕の疑問について書かれていました。遠藤周作は『沈黙』ではその迷いについて書き、『深い河』ではほとんどそれの答えのようなものを書きました。子供の疑問に正面から全力で答えてくれました。それが遠藤作品についての僕のイメージです。「大人はいろいろあるんやで」で終わらせない。むしろ手を触れてはいけないとされているところに踏み込んで書いているように思えました。

『深い河』では、人間が第一であり、信仰も人間の中にあると書いています。人間は人類になる前は動物でした。生きるために生きてきました。そこから文化ができ、宗教ができました。どこまでさかのぼって考えたら、宗教で揉めるようなことがなくなるのでしょうか。頭の中でなんとなく思っていたことが、小説の力によって具体的になり、考えを深めてくれました。

古井由吉『杳子』――思考を体現する言葉の連鎖

古井由吉さんの本との出会いは、古本屋で手に取った『杳子《ようこ》・妻隠《つまごみ》』の文庫本でした。最初は現代の作家とは思いませんでした。カバーの司修さんの画もとても印象的でした。

杳子が深い谷底にひとりで坐っています。そこに「彼」が入ってきます。例えばこういう記述があります。「岩ばかりの河原をゆっくり下ってきた彼の視野の中に、杳子の姿はもっと早くから入っていたはずだった」彼という三人称の語りが小説の前半、彼と地の文の記述がほとんど同一に感じられます。

物語が進んできて「入っていたはずだった」と書かれると、ちょっと戻る感じがしました。そういう細かい言い回しが小説の中で繰り返されます。三人称で、本来作者からの視点で、完全に把握されているはずの人間が揺れています。初めて読んだ時、脳が揺れるような、めまいを感じる思いでした。

例えば、お腹が空いたから冷蔵庫に入っている甘い物を食べたいと思ったとします。でも、食べたら太るから食べないでおこうと思います。でも食べたいから次の瞬間食べてしまう。現実では、頭の中と行動がもっと早い。冷蔵庫を開けた瞬間食べたら太るしと思いながらもう食べています。ちゃんとあったことを、本当に正確に言葉で表現するのは難しい。古井さんの小説には、それが説明されすぎず、語りの中に入っています。思考の歩みに表現が追いついています。うわっ、すごい。こういう表現があるのだと思いました。

先日古井さんとお会いした時に、野暮だとは思ったのですが、こういった文章をどのように書かれるのかとお聞きしました。すると「僕は実は、叙述が苦手なんです」とおっしゃいました。古井さんの叙述が苦手だということには納得できませんが、僕は思いました。古井さんは考えながら思ったことを書こうとした時、文章上の形式に当てはめていくことに抵抗があったのではないかと。もっとリアルに、もっと忠実に書いていったらどうなるのだろうということを追求していった結果、おそらく独特のものが生まれたのではないかと思います。それを「苦手」とおっしゃっているのならば、すごくよくわかりました。

僕達が思ったことを記述する時、意識せずともフォーマットに合わせて言葉を選び、文章を書きます。しかし、古井さんはその思考を、叙述自体で正確に表現しようとされます。近年の作品『やすらい花』（二〇一〇年）や『蜩《ひぐらし》の声』（二〇一一年）では、その傾向がより顕著になっているように思います。

古井さんの小説は本が好きな人にとっても時間がかかる、ハードルが高いと言う人もいますが、それは、本がパラパラめくれるものだと思っているからだと思います。

僕は島崎藤村や志賀直哉も辞書を引きながらでないと読めませんでした。わからない言葉は辞書を引けばいい。言葉をひとつずつ解体しながら理解する。そういう読書の楽しみもあります。一回読んだだけではわからないから、もう一回読んで、引っかかる場所も引っかかるものとして受け入れる。なぜ僕はここに引っかかるのか、そのこと自体を読み方や解釈に組み込むと、読書がもっともっとおもしろくなります。

『杏子』の語り手の思考、叙述も迷いを感じさせます。古井さんの小説には、急に過去の時代が入ってきて、また現代に戻り、それが繰り返されるものもあります。僕も人としゃべっていて、前置きや説明なしに急に違う話を始めることもあるし、考えているところで目に入ってきたものが思考の中心になってそれについて話し始めることもあります。でも、僕も一緒に話している人も全然迷わず、普通に生活できています。

本は一貫したルールで流れていくものだと思っているから引っかかるけど、ここでは普段みんなの頭の中で起こっているようなことが、その流れのまま書かれているだけです。もちろんそれはただ流れるものを置いていくだけじゃなく、イメージや、思考、風景、物語を古井さんの方法で配置してゆきます。その時、読者の頭の中でどんな映像が浮かぶのか、どんな感情を呼び起こすのかというのが小説だと思います。そこに乗ってみる、流されてみるという読み方をしたら、本当に読書がおもしろくなります。

古井さんの近作は、一つひとつの言葉の情報量が多く密度が濃いので、小説の中で俳句のような広がり方をする文章があります。それぞれの言葉が互いに影響を与え合いながら広がってゆきます。俳句はひとつの句だけを見てもおもしろいのですが、句集で連なりとして読むと、一つひとつの句のイメージがどんどん連鎖していきます。言葉の置き方が考え抜かれています。この言葉を置いたらこういうイメージが広がっていって、そのイメージの中に次の文章が置かれています。それは、これまで味わったことのない小説体験でした。

『山躁賦』——創作は声を拾うこと

『杳子』を読み、古井さんの小説を次々に読んでいくのですが、『山躁賦《さんそうふ》』を読んだのが決定的でした。あくまでも個人の読書なので、『山躁賦』が現代文学においてどうかとか、どのように解釈されているのかを僕は知りません。あくまでも個人として読んでいった時、『山躁賦』という小説は衝撃でした。

紀行文として始まったはずが、途中からいろいろなものが入ってきます。特に山に行ってからそれが顕著に現れます。幻想のような風景が描かれますが、幻想が始まるきっかけは文章の中に与えられていません。作者が山を歩き、その場所を訪れて得た感覚みたいなものがそのまま書かれてゆきます。古井さんもおっしゃっていましたが、今同じ場所に行っても同じようなものが見られるかと言えば、それは見られないと。そこにあった幻想は古井さんの感覚が見せたものです。

僕もエッセイを書く時、急にわけがわからない話を書き始めたりすることがあります。そういうものだと思うんです。書きながら思ったこと、見えたものを書く。それでも僕の場合、読者が迷子にならないように説明を足したくなることもあるのですが、『山躁賦』にはそれさえもありません。あるのかもしれませんが僕は気づかなかった。

「『山躁賦』を読んだ時、散歩の果てに感じる自分では無い何か別の力から発想を与えられた瞬間や、白い紙を何枚も無駄にしてようやく自分の力を越えた一言が生まれた瞬間の居心地に似ていると思った」

文芸誌『新潮』の二〇〇八年十一月号で僕は書きました。これは『山躁賦』だけでなく、古井さんの文学そのものについての想いでした。それまでは古井さんとお会いしたことはなかったですし、古井さんがどのように小説を書くのかも知りませんでした。古井さんの小説をたくさん読み、何度も読んでいく中で、お前が言うなと言われると思うんですが、これらは僕が理想とする方法によって書かれているんじゃないかと思ったんです。

ネタを考える時、とにかくたくさん書いて何度も書いて、その中にようやく出てくるものがあります。延々と散歩を続けると、自分が空っぽになって街の中に自分が溶けていく感覚があります。そういう中で聞こえてくる声に自然に反応した時、「ああ、これ、自分の普段の才能を越えているな」と思うことがあります。それが自分の中から外に出られる瞬間だと思います。

とにかくいっぱい書いて無意識のうちに出てきた言葉に自分を託すか、もしくは歩き続けて自分の考えをゼロにして聞こえてくるものに反応するか。そうやって自分の外に出るものを作らなければ、自分が見てきたものや考えたことがあるものにしかなりません。それでは六十五点どまりです。百二十点出そうと思ったら自分だけじゃ無理です。自分と何かをぶつけたり、他のものに託す。僕は自然に託すのが最も力が強いんじゃないかと思っています。古井さんの小説を読んでいると、その瞬間のことが書かれています。僕は同じエッセイでこう書いています。

「自分の場合、創作というよりも、『拾う』という表現の方が近いかもしれない。

その拾ったものを頭に置き、白い紙を広げて一心不乱に文字を書き続ける。長時間同じ行為を繰り返していると徐々に現実感が乏しくなり、思考しているのかどうかも疑わしい状態となる。それでも書き続けていると普段の自分の能力では到底及ばないような発想に恵まれることがある。

そのように自分以外の何かに頼りきった創作活動を続けてきたため、自分の才能を誰よりも疑っている反面、周囲を見渡して自分は何か別の偉大な力に頼っている分、譲らない部分もあると前向きなのか後ろ向きなのか判然としない勝手な自負もある」

僕はいまだにそうです。先日、マンボウやしろさんと渋谷でライブをやりました。終わりのトークでやしろさんが、「じゃあ又吉、吉田拓郎さんになって何か唄って」

と言い出して、それにサルゴリラの児玉が「カバ」というお題をさらに加えてきたんです。これは、もはや「モノマネやってみろ」というムチャブリではなく、「イタコになって拓郎さんの生霊を降ろしてみろ」といった要求です。頭で考えてもできるわけがないので、僕は舞台上で無心になって拓郎さんの声を探しました。そしたら、わずかに聞こえてきたのでその声を頼りになんとなく歌ったら、「ちょっと、できてる!・」となったんです。「渋谷はやかましいからいろんな声あったんですけど、ほんま小さい声が聞こえてきたからそれを聞きながら歌いました」と僕が言ったら、お客さんは引いてましたが、やしろさんは笑っていました。

古井さんとはこのエッセイを書いた後、文芸誌誌上で初めてお会いし、対談をさせて頂きました(『新潮』二〇一二年一月号)。その時、古井さんはおっしゃっていました。「小説を書いていても、展開点を設けるときの最初の一行は、自分でも思ってもみなかったような文章で、あとで読み返しても、なんでここへ跳んだのか、わからないことがあります。こんなふうに書いちゃっていいのかな、と空恐ろしい気持ちになる。ただ、その跳び方が間違っていなかったことは、続く言葉が受けてくれることでわかる。言葉というのはまた別の人格のものなのかな、なんて思ってます。任せちゃうんです、言葉に」

その言葉をお聞きして納得もできましたし、嬉しかった。

漫才のネタを書く時、文章を書く時、創作に向かう時、僕はいつもこのやり方でやってきました。でも、この方法で合っているのかなという不安はずっとありました。誰とも答え合わせができませんでしたが、たまたま古本屋で買った『杏子・妻隠』を読んで「あ、これは！」と思いました。

これは太宰や芥川からはあまり感じたことのないものでした。俳句や短歌、詩の世界から感じていた気配です。それが小説で、しかもある種の詩歌に触れた時よりも濃厚なものを感じさせてくれました。俳句は季語という発射装置があり、それと自分の感覚や視点を結びつけて作ります。自分の中から外に出るために季語がひとつの装置となっています。

『火花』を書いた時、僕は漫才に委ねました。冒頭で出囃子《でばやし》を鳴らして、最後は下げ囃子が鳴るのだろうけど、その間はとりあえず神谷と徳永がふたりでずっと漫才をする。何も決めず、とにかく書き続けました。書いている時はずっと言葉が流れていました。

『火花』を書き終えた時、ここはもう少し詳しく書きたいとか、こいつはこうはしないんじゃないかと疑問に思い、もう一度戻ってその部分を書こうとしましたが、上手く書けませんでした。その時はもう声が聞こえてこない。これは本当に自分で書いたものなのだろうか。書いている時はやはり何か別の力が働いているとしか思えませんでした。

町田康『告白』──全部入っている小説

最初に読んだ町田康さんの小説は『きれぎれ』でした。二〇〇〇年だと思います。当時僕は、笑いはお笑いのものだと思っていました。文学は文学としておもしろいけど、太宰治は例外として、笑いとしておもしろくはなりにくいんじゃないかと。でも町田さんを読んで、何これ、スーパーおもろいやんと思いました。冒頭から驚きました。文学としても笑いとしてもおもしろい。こんな小説があったのか。

町田さんは小説で、社会的なことや大きすぎることは決して書いていません。日常の普遍的なことが書かれているのですが、特別なんです。全然、普通じゃない。登場人物は悲惨な状況にいたりするのですが、起こっている一つひとつの出来事に妙なおもしろ味があります。それに当時の自分の生活が重なりました。貧乏で友達も少なく、誰からも信頼がありませんでした。しんどい状況なのに、目の前に起こることにはいちいちおもしろがって反応してしまう。

信用できると思いました。そして、僕が読んできた近代文学のおもしろみが凝縮されていると思いました。枝分かれしていった日本の文学の中で、町田さんは近代文学からの系譜を受け継いだど真ん中にいる小説家だと僕は思っています。これは他の誰にもできないんじゃないでしょうか。

ご本人がそもそも尋常ではなくおもしろい人だというのはありますが、加えて、町田さんは表現することを疑っていないように思いました。おもしろいことをやることが一番すごいと思っている。ブレない。ビビらない。保険をかけない。

町田さんの『告白』という小説は実際に起きた大量殺人事件「河内十人斬り」を題

材に書かれているのですが、城戸熊太郎という不器用な男の人生が他人事ではないんです。『人間失格』の大庭葉蔵にも通ずるもどかしさや哀愁がありながら、すごく笑える。こんなにも笑った小説はありません。

主人公を世の中の底辺に立たせ、そこからものを見ています。祭りの場面が最高です。なぜ自分に恋人がいないかと考えたら、どうやらみんな祭りの中で若者同士でしゃべって恋人を作っているらしい。よし、今年は祭りに行こうと、祭りに出かけます。ちょっと張り切って早く着きすぎたら、まだ年寄りしかいません。帰ろうとすると今来た若者達とすれ違う。そして時間が経つまで草むらに隠れて待ちます。もうめっちゃアホです。若者が集まってきたからみんなの輪に入っていくんですが、盆踊りを踊っている間に踊りに熱中してしまいます。もうむちゃくちゃおもしろかった。自意識を持て余し、おかしな方向に転がってしまう人物を描いています。

町田さんが近代文学の影響を受けているというわけではなく、人間はそもそもそういうものなんだと思います。近代文学がそうしたように、町田さんは人間を正面から書いていらっしゃるんだろうなと思います。

『告白』では人はなぜ人を殺すのかというテーマについても書かれています。もちろん殺人を肯定しているわけではありません。突発的に人を殺してしまう事件があり、よく社会状況と結びつけて語られることがありますが、それとも違います。『告白』は個人がどのような状況に置かれ、どのようにものを考え、人を殺すに至ったかという過程を描いています。

『告白』は多くの人に読まれるべき小説だと思います。ここに全部入っていると思いました。奇跡的な小説です。

西加奈子『サラバ！』――自分の人生を信じる

小説家は努力だけでは限界がありますよね。残酷ですが芸人も多分そうです。才能が必要な職業だと思います。小説家はセンスに間違いがあってはいけません。センスが良くても誰かと似ていたり、よくいるタイプだと駄目でしょうし。その辺はスポーツと共通する厳しさがあると思うんです。

西加奈子さんは感覚がずば抜けています。サッカーで言うと、身体能力がむちゃくちゃ高いアフリカの選手のような印象です。僕達が熱心に時間を掛けて練習すれば、ある程度は上手くなるんですが、僕らの身体能力の範囲での上手さにしかなりません。アフリカの選手の一歩は僕の二歩ですから、本来届かないはずのところに足が届きます。西さんの小説を読んでいるとそういうしなやかな才能を感じます。

サッカー選手は全盛期をすぎると身体能力も落ちますが、小説家にはそれがありません。辞めない限り技術的には向上し続けるでしょうし、年齢を重ねれば経験も増えます。現時点ですごいのに、双方が化学反応を起こせばとんでもない作品が生まれますよね。作家にはピークがありません。西さんはこの先さらに何を書いてくれるんだろうと期待を持たせてくれます。

言葉は人間が思うことを伝える手段です。そのために僕達は言葉を覚えます、もっと自分の感覚を言い表す言葉はないかと。絵の具を混ぜるように、この言葉とこの言葉を合わせてみようという途方もない作業を繰り返して、反応を見てさらに言葉を掘り下げて新しい言葉を探していきます。それって考えてできるものではない。感覚の鋭い人が一瞬でものにすることの方が多いんじゃないですかね。言葉を生み出す力と、生まれた言葉を物語で活かす力を西さんから感じます。やっぱり他の人は決して真似はできません。

『サラバ！』という小説は西さんと同じ誕生日、場所で生まれた主人公の話です。性別も違うからもちろんこれは小説であり、西さんご自身ではありません。その主人公が様々な個性的な人と出会い、いろいろな環境でおもしろい体験を重ねていきます。「サラバ」という言葉は物語の中でエジプトの言葉と日本語を合わせた造語的な、主人公とその親友によって生み出された魔術的な、呪文のような使われ方がされていきます。日本語で言えば「さらば」。古語辞典（旺文社全訳古語辞典第三版）を引くと「（文中の前の語句や文意を受けて）それならば。それでは。」とあります。これこれこういうことがありましてという、これまでのことを踏まえたうえでの言動に接続していく言葉です。「これまでのこと」＋「さらば」＝「これからのこと」になるんですかね。西さんは物語全体の構造を「サラバ！」という一語で体現させてしまっています。

西さんのデビュー作『あおい』の物語の構造も『サラバ！』とよく似ています。登場人物の身に起こったことをいかに文学として昇華させるかという点で。これは、『サラバ！』を読んで頂いたらよくわかると思います。そして、『あおい』を読み返して頂ければ。

『あおい』では、今から書きます、という西さんの宣言だと思いました。そして『サラバ！』ではこれからも書いていくという宣言だと。西さんにそのことを聞いたら「えっ!? ほんまや。すごいなあ」と、全然考えていなかったとおっしゃっていました。必死で語った僕は少し恥ずかしかったです。

『サラバ！』を読んで『火花』を書こうと思いました。『サラバ！』を読んで、余計な雑念を払えました。

本がこれだけ好きだと自分で言ってきて、実際に書いておもしろくなかったら鬼の首を取ったように「おもろないんかい」と言う人が一定数いますよね。笑ってくれるんやったらいいんですけど、悪魔みたいな表情の人達にそうやって詰められるのは楽しくないじゃないですか。そもそも僕は悲観的ですから、一度そう考えるとすべての人間がそう言うに違いないと思ってしまうんです。本好きとか作家業というと、一緒に知性も求められるのでそれも面倒だったんです。

両親のためにも過剰なアホアピールはしたくないのですが、本なんてアホが読んでもええやろと僕は思っています。知性的な人は尊敬しますが、絶対ではないんですよ。賢い人でおもしろい人もたくさんいますけど、アホでおもしろい人はその倍います。アホの方が絶対数多いですからね。そんなことをウダウダ考えていたわけなんです。でも『サラバ！』を読んでいたら、そんなのどうでもよくなりました。自分が信じるものを信じるようにやるだけだと思いました。

表現の世界ですから批判はもちろんあります。だけど、自分が好きなものは自分が一番よく知っています。それを自分は書けないのか。いや、書けるだろう。みんなにおもしろいと思われるものを書きたいと思うけど、みんながおもしろいと思うものなんて僕が知っているわけがありません。でも少なくとも、自分がおもしろいと思うものは知っています。それを書いてみようと思いました。今の自分の技術で書けるものを書こうと思いました。『サラバ！』は僕をそんな気持ちにさせてくれました。

僕は小説を一冊書かせて頂きましたけど、西さんに対しては永遠に読者なんです。古井由吉さん、町田康さん、中村文則さん、平野啓一郎さんにしてもそうです。僕はずっと読み続けますから、読者の期待など何も考えずみなさんが書きたいと思ったものを書いて頂きたいんです。それを読みたいんです。読者が気持ちいいものなんてわからないですもんね。作家さんの最速の球を投げて頂きたいんです。僕は捕れるかどうかわかりませんが、その球を見てみたい。それが読者としての希望です。そういう方々が、今生きていて、同じ時代で書き続けてくれているというのは嬉しいことです。

作品は一つひとつ鑑賞して楽しめばいいのですが、ひとりの作家を追って行くことによって作品やスタイルの変容を目撃できるというのも楽しい読書です。この作品は好き、この作品は苦手という読み方でもいいのですが、その変化を楽しむ。次はどうなるんだろう？　と次回作が待ち遠しくなります。

西さんの『サラバ！』も、中村さんの『教団X』も、平野さんの『空白を満たしなさい』も今現在の、この時代で生きる僕達の存在について真正面から書いてくれています。時代を呼吸しているから、同時代を生きる人間として読んでいておもしろいし、頼もしい。過去の小説も、優れたものは今に置き換えて読めるし、多くの示唆がありますす。でも一方で現代だって、いや現代こそ複雑なんだという気持ちもあります。

『炎上する君』——井の中の蛙で居続ける

文章と舞台の笑いは違います。でも、西さんの文章はそのまま舞台でもいける。笑いと物語が乖離《かいり》していないんです。『炎上する君』には特にそれを感じます。

文章上でおもしろいものはあると思います。でもそれを舞台でやったらあんまりウケません。もちろん逆もあり、舞台でめっちゃウケていることを台本に起こして読んでもあまりおもしろくなかったりします。僕自身分けています。舞台上でやるものは動きがあるから、そこまで言葉で説明し過ぎてもおもしろくなくなってしまいます。

漫才は自分がどうしても入ってくるので別ですが、コントはそのキャラクターだから使える言葉、普段僕が言わないことを言わなければなりません。衣装があるから成立することもありますよね。だから文章でも舞台でも成立させるのは難しいんです。

西さんの言葉は芸人では届かない言葉の感覚だと思いました。かと言って、作家だったら標準で持っているという感覚でもないと思いました。

『炎上する君』は僕が初めて帯を書かせて頂いた本ですが、文庫版では解説も書かせて頂きました。

車椅子の少女が「**それでも私は、地に脚をつけて歩くわ。**」と言ってのけるＣＭは強烈なインパクトがあり、人々に与える影響は絶大だろう。しかし、やはり我々の煩悶《はんもん》は誰かの苦悩と比較されなければならないのか。深刻な状況にあろうとも前向きに歩いて行ける人は本当に素晴らしいし、尊敬も出来るが、我々の些細《ささい》な苦しみは、誰かの重い苦しみと比較され、苦しみと感じること自体が悪であるように思わなければならないのか？　僕達は自分の悩みさえも悩んではいけないのか？

（西加奈子『炎上する君』解説・又吉直樹）

「ある風船の落下」という短編について解説の中で書きました。それに対して西さんは、『舞台』という小説でその問いに答えてくれました。『舞台』の主人公は僕とはもちろん別人ですが、太宰治が好きでよく似た自意識を持ち、常に何かを演じています。「ある風船の落下」で描かれているような状況は、現実でもめちゃくちゃ多いと思います。その代表的なものが「中二病」という言葉です。中学二年生のようなメンタリティを大人になっても持ち続けている十代、二十代に対して、まるで病気みたいに言われます。でもそれは等身大の十代であり、二十代だと僕は思います。

先日、この言葉を発明した伊集院光さんにお会いしました。伊集院さんも馬鹿にするつもりでその言葉を言い始めたわけではないとおっしゃっていました。むしろそのメンタリティを信じている、愛していると。

中二は感覚的に一番おもしろい時だと思います。だからザ・ハイロウズは『十四才』という曲を作りました。僕も人生の中で中二はすごく重要な時期でした。

以前、しずる・村上純との対談（村上純『青春箱』）でも話しました。「井の中の蛙」という言葉は、悪い意味で使われていますが、僕は、井の中の蛙で居続けなければいけない、と本気で思っています。井の中の蛙でいられるのは十四、五歳までです。十八、九歳の辺りから自分の才能を疑い始めます。それまでは、まだ自分はみんなに認められていないけど、いつか自分が認められる日が来ると信じています。

井戸の中には自分より強い敵もいないからそこでは最強だけど、もっと大きな海に行ったらそうはいきません。でも大きな海の、大きな魚にいつ殺されるかわからないと思って怯えながら泳いでいる魚の何がおもしろいのか。声が大きい者に賛同しているだけで縮こまっているよりは、大間違いでも井戸の中で声を張り上げ、自分を信じて一所懸命生きている人間の方が僕はおもしろいと思います。間違っていたとしても、そこにはひとつの真理があります。

みんながみんな、思春期の頃の自分を恥じすぎている。その頃の自分の方が、それを恥じている今の自分よりおもしろいかもしれないという気持ちが、僕の中にはあるんです。

中村文則『銃』――もうひとつの目を開く

近代文学を中学生の頃から読んできて、二十代になって現代の小説を読み始めた時に、近代文学の空気感と文章の密度を保ったまま現代で書いている若い小説家はいないのかなと思いました。

例えば現代詩というものに初めて触れた時、その迫力に圧倒されたのですが、形式がだいぶ変わったんだなと思いました。宮沢賢治や中原中也や高村光太郎の詩は、僕達が想定している詩の枠組みの中ですごいと思う。そういうすごくシンプルなフォーマットで、現代でも表現しているような人はいないのかとずっと思っていました。そんな話を編集の方と飲みながらしていた時に、中村文則さんの名前を教えてくれました。読んでみて、これだと思いました。

『何もかも憂鬱な夜に』の文庫版の解説で次のように書かせて頂きました。

中村文則さんは特別な作家だ。小説という概念が生まれて以来、様々な作家が人間を描こうと多種多様な鍬《くわ》を持ち土を垂直に掘り続けてきた。随分と深いところまで掘れたし、もう鍬を振り下ろしても固い石か何かに刃があたり甲高い音が響くばかり。その音は人間の核心に限りなく迫るものがあったし、人間の心に訴える強力な力もあった。そこで今度は垂直に掘り進めてきた穴を横に拡げる時代に突入した。それに適した鍬が数多く生まれた。そうしてできた変わった形態の穴は斬新と呼ばれたりもした。新しいものは新鮮でとても愉快だ。だが愉快と充足を感じる一方で何かを待望するような飢餓の兆《きざ》しを感じはじめてもいた。

そんな世界に於《お》いて、中村文則という稀有《けう》な作家はこれ以上掘り進めることはできないと多くの人が諦観するなか、鋭く研ぎ澄まされた鍬を垂直に強く振り下ろし続けていた。そして、固い岩に少しずつ鍬を食い込ませていく。

（中村文則『何もかも憂鬱な夜に』解説・又吉直樹）


そういうものが読みたいと思っていました。そういう人が、今の時代の若い世代でいてくれることが嬉しかった。

最初に読んだのは『銃』という小説でした。主人公の大学生が、河原で死体の横に転がっている銃を発見し持ち帰ってしまいます。銃を持ったことが、人間にどんな変化をもたらすのかという小説です。

僕は銃を拾ったことはありません。銃を持っていると、ふとしたはずみで自分がそれを使ってしまうのではないかという恐怖がありますよね。その恐怖は大きなストレスだと思うんです。どんな状況であっても殺人は肯定すべきものではないと言えます。

しかし状況が積み重なった時、人は人を殺さないと言い切れるのか。殺人はおかしい人間だけがすることなのか。本当に他人事なのか。

読んでいるとそのような問いが頭を巡ります。考えるというよりも、そのような恐怖を体感することができます。自分以外のひとつの人生を経験したことと同じです。自分の中にもうひとつの視点を増やすことができました。

感覚的に優れている人は常に複数の視点でものを見られるのかもしれません。でも普通はひとつかふたつあるかどうかです。中村さんの小説はそんな僕に、もうひとつの視点でものを見させてくれた。自分はこうはしないけどこういう考え方もあるんだなというのでは、ひとつのデータにはなりますが、それまで使っていなかった視点が増えた、自分の持ち物になったという感覚にまでは育ちません。

『銃』を読んで、僕自身の中に確かに変化がありました。もうひとつの目が開かれるような説得力がありました。こうなる可能性があるぞという感覚に近いんですかね。

近代文学を読んでいる時も、それと同じような経験が度々ありました。谷崎の小説を読み、その性的嗜好が自分にあるわけではなくとも理解できるし、自分の中にひとつのラインが生まれました。それが今を生きる小説家の作品でそう思えたことは、大きなことでした。

僕がずっと抱えている一番大きなテーマが「人間とは何か」ということです。「なぜ生まれてきたのか」「なんのために生きているのか」みんな、思春期の頃にある程度決着をつけてきている問題ですが、僕はまだ答えが出ていません。「いつまで考えてんねん」とよく笑われますが、いまだにわからないんです。

寝る前に電気を消して天井を眺めていたら「人間ってなんなんやろ?」と自然にいつもの問いが頭に浮かぶんです。同じこと何年やってんねんと自分でも思うのですが、わからないんです。だから、そのことに対する視点のバリエーションは常に募集しています。

『何もかも憂鬱な夜に』——夜を乗り越える

一所懸命な人を馬鹿にする笑いが好きじゃありません。すかし文化と言うのでしょうか。それを知的な笑いだと思っている人が多い。才能があるように見えるわりに簡単ですし、僕も一回もやったことがないんかと言われたらわかりませんが。なんか気持ちいいし、優位に立てた感じがします。でも誰でもできるんです。少なくとも一所懸命やった結果、人に馬鹿にされる方が難しい。

大人が若者に偉そうに言います。「お前の悩んでいることは大人になったらどうでもいいことだったとわかる」と。どうでもいいことに気づくことを成長みたいに言わないで欲しいと、僕は思います。

子供の頃、駅まで歩く途中、今日はこの道を行こう、明日はこの道を行こうと様々に試みました。大人になるとルートが一本になってしまう。思考もそういうところがあります。

「なぜ生まれてきたのか」「なんのために生きているのか」という問いは、確かに子供っぽい悩みかもしれません。でも僕はそれを解消できませんでした。誰も納得いく形で答えを提示してくれませんでした。そういう問いに対して、大人が全力で考え、正面から答えを出そうとしているものが、僕はやっぱり好きなのです。

僕はその問いの答えが出ないまま、ずるずる今まで来ていました。もう考えないようにしよう。そのうちわかる時が来るかもしれないから、それまで保留にしておこうと思っていました。そんな時、中村さんの『何もかも憂鬱な夜に』に出会いました。この作品は死刑制度をめぐり、あらゆる角度から命について考えさせてくれる小説でした。のちに刑務官となる主人公が、幼い頃に児童養護施設で施設長の恩師から言われた言葉があります。

「これは、凄《すさ》まじい奇跡だ。アメーバとお前を繋ぐ何億年の線、その間には、無数の生き物と人間がいる。どこかでその線が途切れていたら、何かでその連続が切れていたら、今のお前はいない。いいか、よく聞け」

そう言うと、小さく息を吸った。

（中村文則『何もかも憂鬱な夜に』）

この言葉は強力なリアリティをもって僕の心に迫ってきました。自分の命というのは太古から何億年と繋がってきたのです。わかっていたはずなのに、とても心強い言葉でした。ここから施設長の言葉がさらに続きます。その言葉に僕は救われました。

是非、実際にこの小説を読み、物語の中でその後に続く言葉と出会って頂きたいです。

成長し刑務官になった主人公が、死刑囚の山井に言った言葉があります。その言葉に触れ、僕は子供の頃から抱えてきた疑問が解消されたように思えました。命について考えた時、僕はこれしかないと思えたのです。ここに真理があると。

その言葉も抜き出してここで紹介したいとも思うのですが、小説のそこだけを抜き出すのはもったいないような気がします。小説の筋があり、登場人物の抱えているものがあり、それぞれの関係性があり、舞台が整い、しかるべき場所に言葉が乗ってきて初めてそれを体験できます。

一部の言葉だけ抜き出しても小説の素晴らしさはわかりません。それが小説の素晴らしさでもあります。すべてを読んできたからこそ、その一行が刺さります。体験できます。

これまで僕は、聖書の言葉や人の言葉でも、これに近いことはひょっとしたら聞いたことがあったかもしれません。だけど、それまでその言葉は僕には届かなかった。小説の力、作家の力があってこそ、この言葉は僕に響きました。思春期の頃の自分にこの言葉を聞かせてあげたい。この小説を読ませてあげたいと思いました。

太宰の章で、「夜を乗り越える」ということを書きました。この小説は誰かにとっての、夜を乗り越えるための一冊になり得るかもしれません。少なくとも僕は、これであと二年は生きられると思いました。別に死のうなんて思ってもいなかったのにそう思いました。

『火花』の中で「東京には、全員他人の夜がある」と書きました。登場人物が東京に暮らしているから東京と書きましたが、みんな、そんな時はないでしょうか。それをどうやって乗り切るかです。それが連日続くことだってあります。

中村さんは『掏摸《スリ》』で大江健三郎賞を受賞され、各国で翻訳され海外でもベストセラーになりました。日本人で初めてアメリカの文学賞デイビッド・グディス賞を受賞し、大きな評価を受けています。これまでの作品にもありましたが、『掏摸』には一気に物語性とエンタテインメント性が入ってきました。

それもやれるんですね。中村さんはそこからも逃げないんだと思いました。自分は男ウケしていたらいいという考えもない。文学好きだけを相手にしていません。文学的評価を積み重ねても『掏摸』が書ける。

　その後、中村さんの芯を残したまま次々と新しいアプローチで新作を発表していきます。やはり僕にとって特別な作家です。

あとがき

「なぜ本を読むのか？」というテーマについて、真剣に考えたのは初めてでした。

出版不況と言われていますが、僕が生きているうちに本が消滅することは絶対にないでしょうし、読書というのは中毒性が高いので、何百年後でも一定数の読者は存在していると思います。

僕は生きているうちに、おもしろい本をたくさん読みたいと願っていますが、すでに世界で出版されている本をすべて読みきることは不可能ですから、もう自分の人生に必要な一生分の本は確保できています。

それでも、もっと文学が盛り上がり、みんなで本の話ができたら楽しそうだなと思います。文学が盛り上がっていないと本来なら作家になり、おもしろい小説を書いていたはずの人材が他のジャンルに流れてしまったり、表現することを止めてしまう可能性があります。それは、もったいないと思うんです。どうせなら、過去に書かれた小説と共に、同時代に書かれた新鮮な小説も読み続けたいです。

僕は小説に救われてきました。好きすぎて自分でも小説を書きました。でも小説に期待しすぎるのは嫌なんです。蝶々は人間を喜ばそうと思って飛んでるわけではないし、人間も本来は誰かを喜ばすために生きているわけではありません。ただ、いるだけです。

小説もただそこにあるだけなのかもしれません。小説は娯楽であってもいいし、娯楽じゃなくてもいい。小説に対峙する時は、いつでもただ読みたいのです。

そんな僕が本を読む理由を考えながら語るという本書の試みは大きな矛盾をはらんでいたかもしれません。このテーマについて、こんなに長くお話しするのは最初で最後になりそうです。しゃべりすぎて歯が抜けそうです。お話はこれくらいにして、僕は本を読む側に戻り、たまに書く側に回ります。

最後まで、ありがとうございました。

二〇一六年五月　又吉直樹

引用文献

太宰治『人間失格　グッド・バイ　他一篇』岩波文庫
ゲーテ『ゲーテ格言集』（高橋健二編訳）新潮文庫
太宰治『太宰治全集10』「芸術ぎらい」ちくま文庫
津島美知子『回想の太宰治』講談社文芸文庫
太宰治『走れメロス』「富嶽百景」新潮文庫
太宰治『太宰治全集8』「親友交歓」「トカトントン」ちくま文庫
太宰治『太宰治全集3』「畜犬談」「駈込み訴え」「乞食学生」ちくま文庫
太宰治『太宰治全集1』「彼は昔の彼ならず」ちくま文庫
太宰治『太宰治全集4』「服装に就いて」「誰」ちくま文庫
太宰治『太宰治全集7』「お伽草紙」ちくま文庫
芥川龍之介『芥川龍之介全集6』「或阿呆の一生」「河童」ちくま文庫
芥川龍之介『芥川龍之介全集7』「侏儒の言葉」ちくま文庫
中田敦彦『芸人前夜』ヨシモトブックス
西加奈子『通天閣』ちくま文庫
織田作之助『織田作之助　ちくま日本文学035』「夫婦善哉」ちくま文庫
中村文則『何もかも憂鬱な夜に』集英社文庫

＊第4章　僕と太宰治「真剣で滑稽」は、『ダ・ヴィンチ』二〇一五年七月号「又吉直樹が編む〝おもろい〟太宰治短編集」を加筆修正し、収録しました。

又吉直樹［またよし・なおき］
1980年大阪府生まれ。株式会社よしもとクリエイティブ・エージェンシー所属のコンビ「ピース」として活動するお笑い芸人。『キングオブコント2010』準優勝。舞台の脚本も手がける。著書に『第2図書係補佐』『東京百景』、第153回芥川龍之介賞を受賞した『火花』。共著に『カキフライが無いなら来なかった』『まさかジープで来るとは』『新・四字熟語』『芸人と俳人』など。

編集：森山裕之（スタンド！ブックス）
徳田貞幸（小学館）

夜を乗り越える

二〇一六年　六月六日　初版第一刷発行

著者　又吉直樹
発行人　菅原朝也
発行所　株式会社小学館
〒一〇一－八〇〇一　東京都千代田区一ツ橋二ノ三ノ一
電話　編集：〇三－三二三〇－五八〇六
販売：〇三－五二八一－三五五五

印刷・製本　中央精版印刷株式会社

 ISBN978-4-09-823501-8

小学館新書
好評既刊ラインナップ

コンビニ店長の残酷日記　三宮貞雄　252

コンビニは現代人にとって不可欠な存在。しかし便利さの裏側には過酷な実態がある。ノルマ達成のための自腹買い、食卓に並ぶ廃棄弁当、理不尽な本部社員に後を絶たないトンデモ客……。現役店長が明かす仰天の舞台裏。

雑学の威力　やくみつる　258

博識の漫画家として知られ、名だたるクイズ番組を席巻する著者が、30 年かけて会得した「物知り」になれる習慣を初公開！　仕事も人間関係も豊かにする雑学の身につけ方、活かし方とは？　電車待ちの 5 分が人生を変える！

知らないと損する給与明細　大村大次郎　261

給与明細は貯蓄、税金、社会保険に関わる情報の宝庫。うまく活かせば生活は豊かに一変する。手取り額を増やす方法から、究極の節税術、社会保険のお得な制度まで、知らないと絶対に損をする大技小技を徹底解説！

ひとり終活
不安が消える万全の備え　小谷みどり　266

ひとり暮らしの高齢者が増えているが、認知症になったら？　急に倒れたら？　墓や葬式、遺品の整理は誰に頼む？　――と心配事も尽きない。そんな不安をひとつずつ解決。元気なうちにやっておくべき準備のすべて。

国を愛する心　三浦綾子　267

『氷点』『塩狩峠』『銃口』の作家が語った戦争、平和、原発、人権、教育――。表現の自由を脅かす法律や自衛隊の海外派兵などに切り込んだ、いまこそ読んでおきたい言葉の数々。珠玉のエッセイを厳選！

Googleが仕掛けた罠　杉浦隆幸　270

スマホやパソコンの無料サービスやアプリを使うことで、あなたの情報は蓄積され、知らぬ間に発信されている。マイナンバー導入で重大情報流出の危険性がますます高まるいま、防衛技術の第一人者が個人情報死守の肝を説く。